普通話速成

南人北語·高級

總主編 吳偉平　　編審 謝春玲

U0132480

商務印書館

普通話速成（南人北語・高級）

總 主 編：吳偉平

編　　審：謝春玲

審　　訂：香港中文大學雅禮中國語文研習所

責任編輯：趙　梅

封面設計：李小丹

出　　版：商務印書館（香港）有限公司
　　　　　香港筲箕灣耀興道 3 號東滙廣場 8 樓
　　　　　http://www.commercialpress.com.hk

發　　行：香港聯合書刊物流有限公司
　　　　　香港新界大埔汀麗路 36 號中華商務印刷大廈 3 字樓

印　　刷：美雅印刷製本有限公司
　　　　　九龍觀塘榮業街 6 號海濱工業大廈 4 樓 A

版　　次：2018 年 5 月第 1 版第 3 次印刷
　　　　　© 2013 商務印書館（香港）有限公司
　　　　　ISBN 978 962 07 0350 8
　　　　　Printed in Hong Kong

目　錄

3 介紹香港治安（語言功能：介紹 建議）

單元複習一

4 推介安居工程（語言功能：説明 比較）

PREFACE 總序

The Yale-China Chinese Language Center (CLC) of The Chinese University of Hong Kong, founded in 1963, offers a variety of language training programs for students throughout the world who come to Hong Kong to learn Chinese. As a teaching unit of the University, CLC is responsible for teaching local students from Hong Kong who are learning Putonghua (Mandarin Chinese), and international students who are learning both Putonghua and Cantonese. Over the years, CLC has been playing a key role in three major areas in teaching Chinese as a Second Language (CSL): (1) Publication of teaching materials, (2) Teaching related research, and (3) Assessment tools that serve both the academic and the general public.

The Teaching Materials Project (TMP) aims to create and publish a series of teaching materials under the Pragmatic Framework, which reflects findings in sociolinguistic research and their applications in teaching CSL. Since most the learners are now motivated by the desire to use the language they learn in real life communication, a pragmatic approach in teaching and materials preparation is seen as a welcoming and much needed addition to the repertoire of CSL textbooks. The TMP covers the following categories of teaching materials in the CSL field:

Category I. Fast Course: Textbooks designed to meet the needs of many Putonghua or Cantonese learners of various language and culture backgrounds who prefer to take short courses due to various reasons.

Category II. Sector-specific Language Training Modules (SLTM): a modularized textbook geared towards the needs of learners in the same business (e.g. tourism) or professional (e.g. legal) sector.

Category III. Language in Communication: a set of multi-volume textbooks for Putonghua and Cantonese respectively, designed for the core program which serves the needs of full-time international students who are enrolled in our high-diploma Program in either Putonghua or Cantonese for a systematic approach to learning the language.

Characteristics of the textbook under each category above are explained, and special thanks expressed, under "Introduction and Acknowledgement" by the Editor(s) of each volume. As the TMP Leader and Series Editor of all volumes under the "CSL Teaching Materials Series", it's my privilege to launch and lead this project with the support of CLC teachers and staff. It also gives me great pleasure to work together with all editors and key members of the TMP team, as well as professionals from the Publishers, who are our great partners in the publication of the CSL Series.

Weiping M. Wu, Ph.D.
TMP Leader and Editor for the CSL Series
The Chinese University of Hong Kong
Shatin, Hong Kong SAR

INTRODUCTION 前言

　　《普通話速成（南人北語）》是針對香港以粵語為母語人士的特點和需要編寫的系列普通話口語教材。教材共分三冊：第一冊"日常生活篇"，第二冊"社會生活篇"和第三冊"公開演講及説話技巧篇"，分別為初、中、高級程度教材。主要供學習普通話的大學在校學生和社會上業餘進修人士使用。

教材編寫理念

　　語用為綱：儘管在語言教學界目前已逐漸形成了一個共識：強調語言學習的最終目標不是得到語言知識，不只是單純掌握標準的語音、規範的詞彙和語法形式，而是能夠運用這種語言交流信息、表達思想，完成社會生活中的各種交際任務。但是如何達到這一目標卻大有探索的空間，語言本體類為綱的教材和教法在此總是顯得力有不逮。我們努力嘗試以語用為綱，培養學習者根據語境使用得體語言的能力，並希望在教學大綱、教材製作、課堂活動以及語言測試中體現這一理念。具體到教材層面，我們通過設置"語境＋功能"的語用範例呈現語言材料，讓學生進行學習和操練，通過設計"語境＋功能"的練習使學生運用所學內容並產出言語，完成仿真的交際任務。教材依然提供相關的語言知識，學生通過學習漢語拼音，觀察普粵語言要素的對比，歸納語言規律，加強難點訓練，以期收到舉一反三、事半功倍之效。只要我們始終不忘記最終的教學目標是培養語言運用的能力，語言知識就能更好地為目的服務。

　　口語為本：學習者的學習目的應該是製作教材的依據。香港地區學習普通話人士的目的因人而異：有人為獲取信息、方便工作、旅遊；有人為考試、拿學分、掙文憑；為興趣的也不乏其人。但多數人還是希望能通過學習具備普通話口語表達能力。教材中的課文無論是對話還是短文都採用口語語體。説話練習也集中在強化語音訓練和在一定的語境裏説話。

教材內容

本系列教材內容涉及日常生活和社會生活，話題由淺入深，包含了多種語言功能，如介紹、查詢、提供資訊、描述、説明、批評、投訴、比較、建議等等。中高級教材還設有專門的單元針對語言功能進行練習。

教材結構

高級教材結構編排分為課文、課文詞語、補充詞語、語音練習、詞語練習和説話練習六個部分。

一、**課文**：本冊由六篇課文、兩個單元複習組成，六篇課文分別是六個話題，由若干短講組成課文。每篇課文的文字都配有漢語拼音，文字與拼音分左右排列，方便對照。

二、**課文詞語**：課文後的詞彙表分為課文詞語和補充詞語兩部分。課文詞語表列出要求學生掌握的主題詞語，並針對語音難點或詞彙差異進行強化訓練。

三、**補充詞語**：列出與課文話題相關範疇的詞語，目的在於擴大學生在相關領域的詞彙量。

四、**語音練習**：每課的語音練習分別從聲調、聲母、韻母三方面進行系統性的普粵對照練習，還列出一些普粵意思相同但用詞有差異的成語。

五、**詞語練習**：每課的詞語練習環節開設了兩個欄目：一個是“普粵各説各”，一個是“口語詞對對碰”。“普粵各説各”是針對現代漢語中一些由兩個同義語素並列組合而成的雙音節詞，如“鈕釦”、“細小”等，這兩個語素往往又可以單音節詞的面目單獨使用，但在普通話和粵語中卻出現“各自表述”的情況。如普通話説“釦”，在粵語中卻用"鈕"等等。很多時候普粵各取一半的情況比較分明，有時候兩個字彼此都會用，只是使用頻率不同，如不加以分辨，就會出現用普通話説"浸溫泉"（泡溫泉）、"坐監"（坐牢）這樣的錯誤表達。

"口語詞對對碰"收集了相當數量的、當下使用頻率較高的口語詞，放入與課文話題內容相關的對話中，旨在讓學習者在掌握相當數量與話題相關的書面語的同時，學習一些鮮活的口語詞。

六、説話練習：説話練習分為語言形式練習與情境會話練習兩部分。語言形式練習是複製課文篇章開頭、結尾、連接語，要求學習者仿製話語框架重組內容，串連成篇練習説話；情景會話練習模擬真實生活環境，讓學生在特定場合以特定身份進行特定話題的會話練習。

本教材是香港中文大學雅禮中國語文研習所"教材開發項目"的成果之一（見總序）。謹在此感謝項目負責人吳偉平博士在教材體系和編寫理念方面的宏觀指導以及在全書目錄、語言功能和相關語境方面所提出的具體意見。本教材初稿在 2011 年完成並試用，之後又經過多次修訂和增補。本教材編寫過程中，得到陳凡老師、朱小密老師的指導，陳智樑、張冠雄兩位老師在普粵詞彙對比方面提出了寶貴意見，張欣老師在校對及試用教材排版方面做了很多工作，王璇老師負責整理編排詞彙總表，張靜老師協助教材出版事宜，特此一併致謝。由於時間和編者水平有限，本教材仍有不足和遺憾。如對本教材有任何建議請電郵至本研習所學術活動組組長：clc@cuhk.edu.hk。

編者謹誌

2012 年 12 月

提倡低碳生活

（語言功能：訪談 闡釋）

1. 課文

情景： 2010 年夏，世博會主題論壇 "低碳發展與氣候變化應對" 分論壇氣象權威會，在內地某大城市舉行。香港某大學環境科學系的學生組成了一個採訪小組，他們得到論壇主辦機構的特許，以實習記者的身份參加會議並進行採訪。以下是採訪組成員邱柏榮同學與中國大氣環境研究專家阮教授的一段訪問對話。

普通話	漢語拼音
邱柏榮： 阮教授，您是大氣環境研究方面的專家，請您給我們説説大氣環境與人類生存的關係以及中國在節能減排方面的情況，好嗎？	*Qiū Bǎiróng :* Ruǎn jiàoshòu, nín shì dàqì huánjìng yánjiū fāngmiàn de zhuānjiā, qǐng nín gěi wǒmen shuōshuo dàqì huánjìng yǔ rénlèi shēngcún de guānxi yǐjí Zhōngguó zài jiénéng jiǎnpái fāngmiàn de qíngkuàng, hǎo ma?
阮教授： 這個當然好啦。大氣環境是地球上一切生物賴以生存和進化的基礎。適宜的和多樣化的氣候為人類生產和生活創造了重要的環境，也為形成多樣性的生態系統和不斷發展的經濟社會系統提供了重要的資源。	*Ruǎn jiàoshòu:* Zhège dāngrán hǎo la. Dàqì huánjìng shì dìqiú shàng yíqiè shēngwù làiyǐ shēngcún hé jìnhuà de jīchǔ. Shì yí de hé duōyànghuà de qìhòu wèi rénlèi shēngchǎn hé shēnghuó chuàngzàole zhòngyào de huánjìng, yě wèi xíngchéng duōyàngxìng de shēngtài xìtǒng hé búduàn fāzhǎn de jīngjì shèhuì xìtǒng tígōngle zhòngyào de zīyuán.

普通話	漢語拼音
但你們也看到了，近些年來，惡劣的天氣所導致的自然災害已經在人類社會發展史的舞台上上演了一齣齣災難性悲劇：洪水泛濫呀、山體滑坡呀、兩極融冰呀……成千上萬生命亡於一夕，美好家園毀於一旦，許多動物無處棲身，瀕臨滅絕。這惡劣的天氣是和人類亂砍濫伐森林和溫室氣體的大量排放有直接關係的。因此說呀，綠色、低碳是未來發展的大趨勢。說到中國在節能減排方面的情況，我想，有個背景情況你們學環境科學的得了解。中國經濟發展正處於城市化和工業化背景下碳密度相對較高的重工業主導的階段，能源消耗主要以高碳為主，這個特徵在短時間內是不容易扭轉和改變的。還有一個基本情況，你們也得弄清楚，就是我國土地資源的特徵是甚麼呢？在中國，我們腳下埋的最多的是煤炭，而不是石油和天然氣。消耗相同的能量，我們排放的碳就會比別人多，在減排的同一起跑線上，我們就慢了半拍。	Dàn nǐmen yě kàndàole, jìnxiē niánlái, èliè de tiānqì suǒ dǎozhì de zìrán zāihài yǐjing zài rénlèi shèhuì fāzhǎnshǐ de wǔtái shàng shàngyǎnle yì chūchu zāinànxìng bēijù: hóngshuǐ fànlàn ya、shān tǐ huápō ya、liǎngjí róng bīng ya…Chéngqiān shàngwàn shēngmìng wáng yú yì xī, měihǎo jiāyuán huǐyú yídàn, xǔduō dòngwù wúchù qīshēn, bīnlín mièjué. Zhè èliè de tiānqì shì hé rénlèi luàn kǎn làn fá sēnlín hé wēnshì qì tǐ de dàliàng páifàng yǒu zhíjiē guānxi de. Yīncǐ shuō ya, lǜsè、dī tàn shì wèilái fāzhǎn de dà qūshì. Shuōdào Zhōngguó zài jiénéng jiǎnpái fāngmiàn de qíngkuàng, wǒ xiǎng, yǒu gè bèijǐng qíngkuàng nǐmen xué huánjìng kēxué de děi liǎojiě. Zhōngguó jīngjì fāzhǎn zhèng chǔyú chéngshìhuà hé gōngyèhuà bèijǐng xià tàn mìdù xiāngduì jiàogāo de zhònggōngyè zhǔdǎo de jiēduàn, néngyuán xiāohào zhǔyào yǐ gāo tàn wéizhǔ, Zhège tèzhēng zài duǎn shíjiān nèi shì bù róngyì niǔzhuǎn hé gǎibiàn de. Hái yǒu yí gè jīběn qíngkuàng nǐmen yě děi nòng qīngchu, jiùshì wǒ guó tǔdì zīyuán de tèzhēng shì shénme ne? Zài Zhōngguó, wǒmen jiǎo xià mái de zuì duō de shì méitàn, ér bú shì shíyóu hé tiānránqì. Xiāohào xiāngtóng de néngliàng, wǒmen páifàng de tàn jiù huì bǐ biéren duō, zài jiǎnpái de tóng yī qǐpǎoxiàn shàng, wǒmen jiù màn le bànpāi.
邱柏榮： 阮教授，我還想請教一下，我們都是生活在大城市裏的，您能不能告訴我們，大城市的碳排放主要是在哪些方面？我們每個人能做些甚麼？	*Qiū Bǎiróng :* Ruǎn jiàoshòu, wǒ hái xiǎng qǐngjiào yí xià, wǒmen dōu shì shēnghuó zài dà chéngshì lǐ de, nín néng bu néng gàosu wǒmen, dà chéngshì de tàn páifàng zhǔyào shì zài nǎxiē fāngmiàn? Wǒmen měi gè rén néng zuò xiē shénme?

普通話	漢語拼音
阮教授： 大城市的碳排放我看主要是兩個方面，一個是以汽車快速增長為特徵的城市交通，另一個是建築的溫室氣體排放，這是碳排放量增長最快的兩個方面，不管是發達國家還是發展中國家，如果這兩個方面能夠大幅度地減少排放，無論對於全球減少溫室氣體排放，還是對於促進城市的低碳發展都是非常重要的。至於我們能做些甚麼，我認為，像我們這樣一個人口大國，人人從自己做起，這個力量是不可低估的。其實也很簡單，少開①私家車，多乘公交車，人離開房間時儘可能關掉家用電器的電源等。同時還要大力做好環境保護②，特別是森林的保護工作，這樣，就可以在上述兩方面減少碳排放，提高碳貯量。	*Ruǎn jiàoshòu:* Dà chéngshì de tàn páifàng wǒ kàn zhǔyào shì liǎng gè fāngmiàn: yí gè shì yǐ qìchē kuàisù zēngzhǎng wéi tèzhēng de chéngshì jiāotōng, lìng yí gè shì jiànzhù de wēnshì qìtǐ páifàng, zhè shì tàn páifàng liàng zēngzhǎng zuì kuài de liǎng gè fāngmiàn, bùguǎn shì fādá guójiā háishi fāzhǎnzhōng guójiā, rúguǒ zhè liǎng gè fāngmiàn nénggòu dà fúdù de jiǎnshǎo páifàng, wúlùn duìyú quánqiú jiǎnshǎo wēnshì qìtǐ páifàng háishi duì yú cùjìn chéngshì de dī tàn fāzhǎn dōu shì fēicháng zhòngyào de. Zhìyú wǒmen néng zuò xiē shénme, Wǒ rènwéi, xiàng wǒmen zhèyàng yí gè rénkǒu dàguó, rénrén cóng zìjǐ zuò qǐ, zhège lìliàng shì bùkě dīgū de. Qíshí yě hěn jiǎndān, shǎo kāi sījiāchē, duō chéng gōngjiāochē, rén líkāi fángjiān shí, jǐnkěnéng guāndiào jiāyòng diànqì de diànyuán děng. Tóngshí hái yào dàlì zuòhǎo huánjìng bǎohù, tèbié shì sēnlín de bǎ ohù gōngzuò, zhèyàng, jiù kěyǐ zài shàngshù liǎng fāngmiàn jiǎnshǎo tàn páifàng, tígāo tàn zhù liàng.
邱柏榮： 中國政府在減排方面有甚麼遠景規劃嗎？	*Qiū Bǎiróng :* Zhōngguó zhèngfǔ zài jiǎnpái fāngmiàn yǒu shénme yuǎnjǐng guīhuà ma?
阮教授： 關於這個問題，我可以告訴你們，中國是遏制溫室氣體排放的積極參與者，中國已向國際社會莊嚴承諾：到 2020 年，規劃能源佔一次能源消費比重 15% 左右，到 2020 年二氧化碳的排放比 2005 年下降 40% 到 45%。還要大力發展利用風能、太陽能發電，新建築盡最大可能採用自然通風和自然採光，通過調節建築的朝向、窗口的朝向來實現這個目標，這樣可以大幅度減少其他能源的消耗。	*Ruǎn jiàoshòu:* Guānyú zhège wèntí, wǒ kěyǐ gàosu nǐmen, Zhōngguó shì èzhì wēnshì qìtǐ páifàng de jījí cānyùzhě, Zhōngguó yǐ xiàng guójì shèhuì zhuāngyán chéngnuò: dào 2020 nián, guīhuà néngyuán zhàn yí cì néngyuán xiāofèi bǐ zhòng 15% zuǒyòu, dào 2020 nián, èryǎnghuàtàn de páifàng bǐ 2005 nián xiàjiàng 40% dào 45%. Hái yào dàlì fāzhǎn lìyòng fēngnéng、tàiyángnéng fādiàn, xīn jiànzhù jìn zuì dà kěnéng cǎiyòng zìrán tōngfēng hé zìrán cǎiguāng, tōngguò tiáojié jiànzhù de cháoxiàng、chuāngkǒu de cháoxiàng lái shíxiàn zhège mùbiāo, zhèyàng kěyǐ dà fúdù jiǎnshǎo qítā néngyuán de xiāohào.

普通話	漢語拼音
邱柏榮： 阮教授，謝謝您接受我們的採訪，您的一番話③使我們對大氣環境與人類生存的關係以及中國土地資源的特徵、減排面臨的問題都有了更深層次的認識。今天耽誤您不少時間，咱們就先談到這兒好嗎？	*Qiū Bǎiróng :* Ruǎn jiàoshòu, xièxie nín jiēshòu wǒmen de cǎifǎng, nín de yì fān huà shǐ wǒmen duì dàqì huánjìng yǔ rénlèi shēngcún de guānxi yǐjí Zhōngguó tǔdì zīyuán de tèzhēng、jiǎnpái miànlín de wèntí dōu yǒule gèng shēn céngcì de rènshi. Jīntiān dānwù nín bù shǎo shíjiān, zánmen jiù xiān tán dào zhèr hǎo ma?
阮教授： 好的，再見！	*Ruǎn jiàoshòu:* Hǎo de, zàijiàn!

註釋：

① "少開"和"開少啲"

　　普通話"少"和"多"作為狀語修飾動詞或形容詞時，一般放在動詞前面。比如"天涼<u>少</u>喝涼水，<u>多</u>穿一件衣服"等。又如課文中的"<u>少</u>開私家車，<u>多</u>乘公交車"。而粵語"多"、"少"作為狀語修飾動詞則一般放在動詞後面，如："食多啲"、"賺多啲"、"搵多啲"等。

② "保護"和"保育"

　　普通話的"環境保護"，香港話說"環境保育"；"環保人士"香港話可以說"保育人士"，對一些受保護的地方或項目，香港話說"保育區"、"保育項目"、"保育政策"等，但普通話"保育"指精心照管幼兒。在幼兒園裏除了老師外，那些照管小孩兒起居生活的稱作"保育員"。在環境和文物保護方面，一般不用"保育"而用"保護"。

③ "話"和"說話"

　　"說話"在現代漢語裏是動詞，表示用言語表達意思，但粵語則可以是名詞，表示用言語表達的內容。比如香港人會說："在春節我們不要說一些不吉利的'說話'"，這裏的"說話"，普通話只用"話"就可以了。比如課文中"這番話，使我們……"而不能說"這番說話"。

2. 課文詞語

1. 低碳	dī tàn	2. 世博會	Shìbóhuì
3. 論壇	lùntán	4. 應對	yìngduì
5. 權威	quánwēi	6. 大氣環境	dàqì huánjìng

7. 節能	jiénéng	8. 減排	jiǎn pái
9. 適宜	shìyí	10. 多樣化	duōyànghuà
11. 生態系統	shēngtài xìtǒng	12. 惡劣	èliè
13. 自然災害	zìrán zāihài	14. 洪水泛濫	hóngshuǐ fànlàn
15. 山體滑坡	shāntǐ huápō	16. 兩極融冰	liǎngjí róng bīng
17. 毀於一旦	huǐyúyídàn	18. 無處棲身	wúchù qīshēn
19. 瀕臨滅絕	bīnlín mièjué	20. 亂砍濫伐	luàn kǎn làn fá
21. 溫室氣體	wēnshì qìtǐ	22. 趨勢	qūshì
23. 扭轉	niǔzhuǎn	24. 煤炭	méitàn
25. 能量	néngliàng	26. 快速增長	kuàisù zēngzhǎng
27. 幅度	fúdù	28. 低估	dīgū
29. 遏制	èzhì	30. 參與	cānyù
31. 莊嚴	zhuāngyán	32. 承諾	chéngnuò

3. 補充詞語

1. 森林資源	sēnlín zīyuán	2. 植樹造林	zhíshù zàolín
3. 植被恢復	zhíbèi huīfù	4. 碳吸收	tàn xīshōu
5. 碳彙能力	tàn huì nénglì	6. 良好勢頭	liánghǎo shìtóu
7. 資源保護	zīyuán bǎohù	8. 國土綠化	guótǔ lǜhuà
9. 水土流失	shuǐtǔ liúshī	10. 防沙治沙	fáng shā zhì shā
11. 濕地保護	shīdì bǎohù	12. 生物多樣性保護	shēngwù duōyàng xìng bǎohù
13. 規劃造林	guīhuà zàolín	14. 社會效益	shèhuì xiàoyì
15. 森林覆蓋率	sēnlín fùgàilǜ	16. 造林育林	zàolín yùlín
17. 能源消耗	néngyuán xiāohào	18. 碳密度	tàn mìdù
19. 碳貯量	tàn zhùliàng		

4．語音練習

4.1　容易讀錯的姓氏

在社交場合中，自然要彼此稱呼或互相介紹，把別人的姓或名讀錯是很失禮的事。
文中採訪者邱柏榮同學的姓氏"邱"和受訪問者"阮教授"的姓"阮"普通話和粵語
的讀音就很不相同。你能讀準以下普粵讀音差異大的姓氏嗎？

邱	阮	饒	柯	翁	甄	尹
魏	熊	薛	屈	秦	巫	邢

還有，普通話中有些姓氏的讀音是一字多音的，以下姓氏你知道它們的讀音嗎？

那	褚	紀	區	單	洗	員
寧	華	仇	任	蓋	解	查

4.2　聲調練習

一四聲對比練習

翁 Wēng	甕 wèng	薛 Xuē	血 xuè	甄 Zhēn	震 zhèn
柯 Kē	克 kè	屈 Qū	去 qù	查 Zhā	詐 zhà
威 wēi	魏 Wèi	花 huā	華 Huà	山 shān	單 Shàn
暈 yūn	員 Yùn	些 xiē	解 Xiè	詹 Zhān	佔 zhàn

二三聲對比練習

饒 Ráo	擾 rǎo	秦 Qín	寢 qǐn	邢 Xíng	醒 xǐng
銀 yín	尹 Yǐn	廚 chú	褚 Chǔ	急 jí	紀 Jǐ
革 gé	蓋 Gě	咸 xián	洗 Xiǎn	任 Rén	忍 rěn

4.3　聲母練習

聲母 b 和 p 是雙唇清塞音，b 是不送氣的，p 是送氣的。這一對聲母在粵語和普通話中有互相交錯的現象。如果學習普通話的人注意到這種現象，並成組地記憶，就可以收到事半功倍的效果。

粵語聲母是不送氣音 b → 普通話聲母是送氣音 p

1. 叛：反叛 fǎnpàn	2. 畔：河畔 hépàn	3. 胖：肥胖 féipàng
4. 啤：啤酒 píjiǔ	5. 品：品牌 pǐnpái	6. 坡：斜坡 xiépō
7. 迫：強迫 qiǎngpò	8. 僕：奴僕 núpú	9. 瀑：瀑布 pùbù
10. 乒乓：pīngpāng	11. 澎湃：péngpài	

粵語聲母是送氣音 p → 普通話聲母是不送氣音 b

1. 柏：松柏 sōngbǎi	2. 傍：傍晚 bàngwǎn	3. 棒：棍棒 gùnbàng
4. 抱：抱負 bàofù	5. 豹：虎豹 hǔbào	6. 倍：加倍 jiābèi
7. 鄙：卑鄙 bēibǐ	8. 編：編寫 biānxiě	9. 遍：遍及 biànjí
10. 瀕：瀕臨 bīnlín	11. 蓓：蓓蕾 bèilěi	12. 蚌：鷸蚌相爭 yùbàng xiāng zhēng

4.4　韻母練習

分辨並讀準下列韻母：

粵語韻母是 a → 普通話韻母是 ia

1. 加：加價	2. 嘉：嘉賓	3. 假：假期
4. 蝦：蝦蟹	5. 霞：霞光	6. 夏：夏天

粵語韻母是 ɔ → 普通話韻母是 uo

1. 錯：錯過	2. 多：多個	3. 舵：舵手
4. 火：火災	5. 貨：貨品	6. 羅：羅列
7. 懦：懦夫	8. 所：所以	9. 坐：坐立

5. 詞語練習

5.1 普粵 "各説各"

現代漢語中有一些雙音節詞是由兩個同義語素並列組合而成的，如 "鈕釦"、"細小" 等。這兩個語素又可以是兩個單音節詞，在普通話或粵語中單獨使用。如普通話 説："這些小兜兒都沒釦兒"，其中的 "釦" 在粵語中就要用 "鈕" 了。很多時候普粵 各取一半情況比較分明，有時候彼此兩個字都會用，只是使用的頻率不同。如："安 裝"，普通話 "安" 和 "裝" 都用，粵語用 "裝" 的情況大概比較多。這樣的例子還 有：

詞語	粵語常説	普通話常説	類似以下語境，普粵 "各説各"
管理	理	管	這一帶污水橫流的現象我們已經向街道辦事處反映了多次，但他們卻説這事他們**管**不了。
理睬	睬	理	這家夜總會噪音很大，每次我們去和他們交涉時，他們都推説忙，不**理**我們。
挨近	近	挨	居民區**挨**着核電站，萬一發生核洩漏，後果不堪設想。
擺放	擺	放	家居新裝修後，在衣櫃裏**放**幾塊兒柚子皮有助於消除有害氣體。
光亮	光	亮	最新研究表明，天沒**亮**就出去運動對身體不好。

練習：

幾個同學一組，用 "普粵各説各" 中的 "普通話常説" 詞語各造一個句子，並説出來 讓大家聽聽。

管　　　理　　　挨　　　放　　　亮

5.2 口語詞 "對對碰"

三至五人一組，根據文中內容解釋加點的詞語所表達的意思，並説出這些詞對應粵 語哪些詞語：

1.

甲：誒，這濕地公園可是城裏最後一方未被開發破壞的淨土了。公園剛向公眾開放，你真神！這麼快就弄到票。多少錢一張？

乙：説甚麼哪？咱倆誰跟誰呀，幾張票還收您的錢？

甲：這大熱的天兒你還送票過來，我已經感激不盡了，這錢你一定得收下。

乙：你再提給錢的事兒我跟你急。

2.

秘書：廠長，這下我們可捅婁子了，廠裏排放污水的附近水域淨是死魚，上午環保局已經來人調查了，要再有公安局介入麻煩可就大了，弄不好，讓你吃不了兜着走。

廠長：你沒跟環保局説，我們正在安裝新的污水處理設備，這不有個過程嗎？讓他們通融通融。

秘書：我看沒戲，現在抓得很嚴，限期整改，絕不通融。還想找他們通融，沒門兒。

6. 説話練習

6.1　實用語段開頭語

一、訪談綜述報告

1.　就……這一話題，我們訪問了……

例：就"低碳"這一話題，我們訪問了……

2.　談到……，某某認為……

例：談到中國碳密度現狀，專家認為……

3.　説起 ……，某某向我們介紹説……

例：説起我國的土地資源，阮教授向我們介紹説……

  4. 我們向某某請教 ……，某某教授告訴我們……

   例：我們向教授請教，城市碳排放主要來自哪些方面，阮教授告訴我們……

  5. 當我們問及……，某某教授回答說……

   例：當我們問及，在減排方面，我們個人能做些甚麼？阮教授回答說……

  6. 這次的調查訪問，給我們最深印象的是……

   例：這次的調查訪問，給我們印象最深的是，國際氣象組織權威人士在論壇上大聲疾呼，我們這個星球正在升溫已是不爭的事實。

二、回答採訪問題：

  1. 這個問題，我看主要是幾個方面，一個是……，另一個是……

   課文例句：我看主要是兩個方面，一個是以私家車快速增長為特徵的城市交通，另一個是建築的溫室氣體排放……

  2. 說到……方面的情況，有些背景情況你們應該了解……

   課文例句：說到中國在節能減排方面的情況，我想，有些背景情況你們學環境科學的得了解……

  3. 至於……，我認為……

   課文例句：至於我們能做些甚麼，我認為……

  4. 關於這個問題，我可以告訴你們……

   課文例句：關於這個問題，我可以告訴你們，中國是遏制溫室氣體排放的積極參與者……

6.2　情景說話練習

參照以下語境，用上面語段開頭語說一段話。

分成幾個小組，分別就以下幾個話題進行模擬採訪：

  第一組

  採訪者：某普通話電視台記者

受訪者：社區市民

情景：有關部門不顧居民的反對，堅持在某社區附近建立垃圾焚燒站，請對堅持在這個地區設垃圾焚燒站的做法發表意見。

第二組

採訪者：某電台民生欄目主持人

受訪者：參加"城市論壇"的市民

情景："啃老族"這個詞大家都不陌生，它指的是許多處於青壯年階段的人，無論是否參加工作、有無收入、收入水平高低，都要繼續依靠父母養活。他們當中有文化低、技能差、怕苦怕累的普通家庭年輕人，也有衣食無憂的"富二代"，有的還是大學生，他們對就業過於挑剔，高不成低不就，賴在家裏吃父母。"啃老"已從一種家庭現象演變成一個嚴重的社會問題，它徹底顛覆了中國傳統的"養兒防老"觀念。

在一個社區舉辦的關於"啃老族現象"的家庭問題討論會上，你和你的爸爸、爺爺都參加了論壇，請你們祖孫三人分別就"啃老族現象"闡述意見。

第三組

採訪者：某報社記者

受訪者：某大學環境保護專業大學生

情景：有人撰稿發表意見，認為發展香港旅遊業必定會加速對環境的破壞，請就這一觀點發表您的意見。

第2課 討論教學語言

（語言功能：辯論 反駁）

1. 課文

情景：香港回歸後，1998年特區政府推行母語教學，其成效被媒體評價為"差強人意"。此後，特區政府對此做出"微調"，由學校"自行決定"教學語言。這樣一來，母語教學等於名存實亡。某大學組織了幾場學生座談會，就課堂教學語言這一議題公開諮詢意見。以下是內地來港就讀生的專場座談會。

普通話	漢語拼音
主持人： 歡迎大家參加今天的座談會。今天的議題是大學教學語言問題。你們都是來自中國內地的學生，校方想聽聽你們對這一問題的看法和建議，歡迎大家各抒己見，暢所欲言。	*Zhǔchírén:* Huānyíng dàjiā cānjiā jīntiān de zuòtánhuì. Jīntiān de yìtí shì dàxué jiàoxué yǔyán wèntí. Nǐmen dōu shì láizì Zhōngguó nèidì de xuésheng, xiàofāng xiǎng tīngting nǐmen duì zhè yī wèntí de kànfǎ hé jiànyì, huānyíng dàjiā gè shū jǐjiàn, chàng suǒ yù yán.
饒曉明： 我是歷史系二年級學生。我主張教學語言應以母語，即中文為主。首先，從歷史的角度來看，世界上所有國家都實施母語教學，這是維護國家尊嚴、維護本國文化、加強國家民族認同感所必需的。我們這所大學創辦之初的宗旨就是為了推廣中文專上教育，在當時英	*Ráo Xiǎomíng:* Wǒ shì lìshǐ xì èr niánjí xuésheng, wǒ zhǔzhāng jiàoxué yǔyán yīng yǐ mǔyǔ, jí Zhōngwén wéizhǔ. Shǒuxiān, cóng lìshǐ de jiǎodù lái kàn, shìjièshang suǒyǒu guójiā dōu shíshī mǔyǔ jiàoxué, zhè shì wéihù guójiā zūnyán, wéihù běnguó wénhuà, jiāqiáng guójiā mínzú rèntónggǎn suǒ bìxū de. Wǒmen zhè suǒ dàxué chuàngbàn zhī chū de zōngzhǐ jiùshì wèile tuīguǎng Zhōngwén zhuānshàng jiàoyù, zài dāngshí Yīng

普通話	漢語拼音

殖民地的香港開辦這所用中文授課的大學，旨在在香港這一具有特殊歷史背景的都市中創建一所中國人自己辦的大學，也是在其他大學只用英文為教學語言的歷史條件下，為香港學生多提供一個選擇。現在香港已經回歸中國，更應突出這一辦學特點。因此，保持以中文授課，既是對辦學理念的具體實踐，也是我們對這段歷史的尊重。其次，從語言文化的角度來看，中文不僅只是交際的工具，它還承載了中國歷史悠久的傳統和文化，用中文做教學語言，對保留和傳承中國傳統文化和實踐中國傳統的教育理想有很大的促進作用。最後，我想強調的是，香港與內地的交往越來越頻密，展望可預見的未來，兩地的關係會愈加密切，以中文為主要教學語言能大大提高學生的中文水平，培養出適應新形勢發展需要的人才。

zhímíndì de Xiānggǎng kāibàn zhè suǒ yòng Zhōngwén shòukè de dàxué, zhǐzài zài Xiānggǎng zhè yī jùyǒu tèshū lìshǐ bèijǐng de dūshì zhōng chuàngjiàn yì suǒ Zhōngguórén zìjǐ bàn de dàxué, yěshì zài qítā dàxué zhǐ yòng Yīngwén wéi jiàoxué yǔyán de lìshǐ tiáojiàn xià, wèi Xiānggǎng xuésheng duō tígōng yí gè xuǎnzé. Xiànzài Xiānggǎng yǐjing huíguī Zhōngguó, gèng yīng tūchū zhè yí bànxué tèdiǎn. Yīncǐ, bǎochí yǐ Zhōngwén shòukè, jì shì duì bànxué lǐniàn de jùtǐ shíjiàn, yě shì wǒmen duì zhè duàn lìshǐ de zūnzhòng. Qícì, cóng yǔyán wénhuà de jiǎodù lái kàn, Zhōngwén bùjǐn zhǐshì jiāojì de gōngjù, tā hái chéngzàile Zhōngguó lìshǐ yōujiǔ de chuántǒng hé wénhuà, yòng Zhōngwén zuò jiàoxué yǔyán, duì bǎoliú hé chuánchéng Zhōngguó chuántǒng wénhuà hé shíjiàn Zhōngguó chuántǒng de jiàoyù lǐxiǎng yǒu hěn dà de cùjìn zuòyòng. Zuìhòu, wǒ xiǎng qiángdiào de shì, Xiānggǎng yǔ nèidì de jiāowǎng yuè lái yuè pínmì, zhǎnwàng kě yùjiàn de wèilái, liǎng dì de guānxi huì yùjiā mìqiè, yǐ Zhōngwén wéi zhǔyào jiàoxué yǔyán, néng dàdà tígāo xuésheng de Zhōngwén shuǐpíng, péiyǎng chū shìyìng xīn xíngshì fāzhǎn xūyào de réncái.

翁茜：

我不贊同這位同學[①]的觀點。正因為香港有英殖民地歷史這一特殊性，我們才應該制定特殊的教學語言政策。眾所周知，英語是國際語言，它的全球化地位是無庸置疑的。大學以英語為教學語言是國際潮流。香港已經發展成為一個國際大都會，許多國家的政府機關、公司企業都在香港設有辦事機構，英語成為溝通和交際的語言。因此，我認為，大學以英語為教學語言有利於香港保持與國際接軌。削弱英語

Wēng Qiàn:

Wǒ bú zàntóng zhè wèi tóngxué de guāndiǎn. Zhèng yīnwèi Xiānggǎng yǒu Yīng zhímíndì lìshǐ zhè yī tèshūxìng, wǒmen cái yīnggāi zhìdìng tèshū de jiàoxué yǔyán zhèngcè. Zhòng suǒ zhōu zhī, Yīngyǔ shì guójì yǔyán, tā de quánqiúhuà dìwèi shì wúyōngzhìyí de. dàxué yǐ Yīngyǔ wéi jiàoxué yǔyán shì guójì cháoliú. Xiānggǎng yǐjing fāzhǎn chéngwéi yí gè guójì dàdūhuì, xǔduō guójiā de zhèngfǔ jīguān、gōngsī qǐyè dōu zài Xiānggǎng shè yǒu bànshì jīgòu, Yīngyǔ chéngwéi gōutōng hé jiāojì de yǔyán. Yīncǐ, wǒ rènwéi, dàxué yǐ Yīngyǔ wéi jiàoxué yǔyán yǒulìyú Xiānggǎng bǎochí yǔ guójì jiēguī. Xuēruò Yīngyǔ

普通話	漢語拼音
在教學中的地位，將會導致學生的英語水平下降，香港的國際地位也會受到影響。我們的眼光不能只盯着與中國內地交往這一塊兒，應放眼世界，培養國際型人才。	zài jiàoxué zhōng de dìwèi, jiāng huì dǎozhì xuésheng de Yīngyǔ shuǐpíng xiàjiàng, Xiānggǎng de guójì dìwèi yě huì shòudào yǐngxiǎng. Wǒmen de yǎnguāng bù néng zhǐ dīngzhe yǔ Zhōngguó nèidì jiāowǎng zhè yí kuàir, yīng fàngyǎn shìjiè, péiyǎng guójìxíng réncái.
秦　晉： 我也這麼認為。為了把大學辦成國際化的學校，校方逐年遞增國際學生的比例，試問，如果用中文教學，外國留學生如何聽課？此外，語言障礙會直接影響他們與教師和同學的溝通，造成不便。比如我和我的兩個法國同學在一起做作業和日常生活的交往都只能用英語進行溝通。因此，大學制定語言政策要照顧外地來的學生，體現一所國際型大學的人文關懷。再說了，大學如果以中文為主要教學語言，如何吸引全世界各地的學生來報讀？與國際接軌又從何談起呢？	*Qín Jìn:* Wǒ yě zhème rènwéi. wèile bǎ dàxué bànchéng guójìhuà de xuéxiào, xiàofāng zhúnián dìzēng guójì xuésheng de bǐlì, shìwèn, rúguǒ yòng Zhōngwén jiàoxué, wàiguó liúxuéshēng rúhé tīngkè? Cǐwài, yǔyán zhàng'ài huì zhíjiē yǐngxiǎng tāmen yǔ jiàoshī hé tóngxué de gōutōng, zàochéng búbiàn. Bǐrú wǒ hé wǒ de liǎng gè Fǎguó tóngxué zài yìqǐ zuò zuòyè hé rìcháng shēnghuó de jiāowǎng dōu zhǐ néng yòng Yīngyǔ jìnxíng gōutōng. Yīncǐ, dàxué zhìdìng yǔyán zhèngcè yào zhàogù wàidì lái de xuésheng, tǐxiàn yì suǒ guójìxíng dàxué de rénwén guānhuái. Zàishuōle, dàxué rúguǒ yǐ Zhōngwén wéi zhǔyào jiàoxué yǔyán, rúhé xīyǐn quán shìjiè gè dì de xuésheng lái bàodú? Yǔ guójì jiēguǐ yòu cóng hé tán qǐ ne?
錢　江： 從目前學校招生②的情況看，生源主要還是香港學生和內地生，國際生只佔很小的比例。教學語言的選擇，既要看老師表述的效果，更要考慮學生接受知識的能力。中文是絕大多數學生的母語，用中文教學，學生會有一種親切感，接受知識快，掌握得也更容易，自我表達和與老師互動也方便。香港中文大學做了大量的研究，結果表明，母語教學效果是最佳的。	*Qián Jiāng:* Cóng mùqián xuéxiào zhāoshēng de qíngkuàng kàn, shēngyuán zhǔyào háishi Xiānggǎng xuésheng hé nèidìshēng, guójìshēng zhǐ zhàn hěn xiǎo de bǐlì. Jiàoxué yǔyán de xuǎnzé, jì yào kàn lǎoshī biǎoshù de xiàoguǒ, gèng yào kǎolù xuésheng jiēshòu zhīshi de nénglì. Zhōngwén shì jué dàduōshù xuésheng de mǔyǔ, yòng Zhōngwén jiàoxué, xuésheng huì yǒu yì zhǒng qīnqiègǎn, jiēshòu zhīshi kuài, zhǎngwò de yě gèng róngyì, zìwǒ biǎodá hé yǔ lǎoshī hùdòng yě fāngbiàn. Xiānggǎng Zhōngwén dàxué zuòle dàliàng de yánjiū, jiéguǒ biǎomíng, mǔyǔ jiàoxué xiàoguǒ shì zuìjiā de.

普通話	漢語拼音
有一項調查顯示，相對於英語教學，學生在社會科學與自然科學的學習中，用母語教學，學生學習成績都有百分之 20 至 30 的提高。可見，用母語教學，才是真正體現學校對學生的人文關懷。	Yǒu yí xiàng diàochá xiǎnshì, xiāngduìyú Yīngyǔ jiàoxué, xuésheng zài shèhuì kēxué yǔ zìrán kēxué de xuéxí zhōng, yòng mǔyǔ jiàoxué, xuésheng xuéxí chéngjì dōu yǒu bǎi fēn zhī èrshí zhì bǎi fēn zhī sānshí de tígāo. Kějiàn, yòng mǔyǔ jiàoxué cái shì zhēnzhèng tǐxiàn xuéxiào duì xuésheng de rénwén guānhuái.
饒曉明： 對不起，我想插一句，剛才秦晉同學提到吸引③外國學生的問題，我認為，一所大學吸引學生來就讀的不應只是教學語言，而應是辦學特點。我們這所學校應突出中國傳統文化這一辦學特點去吸引世界各地的學生，這才是具備長遠發展的戰略眼光。再說了，你選擇一個地方讀書，當然應先學習那個地方的語言，難道要對方大學遷就你而用你的母語教學嗎？	*Ráo Xiǎomíng:* Duìbuqǐ, wǒ xiǎng chā yí jù, gāngcái Qín Jìn tóngxué tídào xīyǐn wàiguó xuésheng de wèntí, wǒ rènwéi, yì suǒ dàxué xīyǐn xuésheng lái jiùdú de bù yīng zhǐshì jiàoxué yǔyán, ér yīng shì bànxué tèdiǎn. Wǒmen zhè suǒ xuéxiào yīng tūchū Zhōngguó chuántǒng wénhuà zhè yí bànxué tèdiǎn qù xīyǐn shìjiè gè dì de xuésheng, zhè cái shì jùbèi chángyuǎn fāzhǎn de zhànlüè yǎnguāng. Zàishuō le, nǐ xuǎnzé yí gè dìfang dúshū, dāngrán yīng xiān xuéxí nàge dìfang de yǔyán, nándào yào duìfāng dàxué qiānjiù nǐ ér yòng nǐ de mǔyǔ jiàoxué ma?
錢　江： 我想再補充一點：香港大學還有一項調查是直接從教學第一線聽課所得的，就是母語教學的課堂，教師更揮灑自如，更能照顧學生的不同需要，學生更積極參與，更容易理解教學內容，師生互動更活躍，關係更融洽。	*Qián Jiāng:* Wǒ xiǎng zài bǔchōng yì diǎn: Xiānggǎng dàxué hái yǒu yí xiàng diàochá shì zhíjiē cóng jiàoxué dìyīxiàn tīngkè suǒdé de, jiùshì mǔyǔ jiàoxué de kètáng, jiàoshī gèng huīsǎ zìrú, gèng néng zhàogù xuésheng de bù tóng xūyào, xuésheng gèng jījí cānyù, gèng róngyì lǐjiě jiàoxué nèiróng, shīshēng hùdòng gèng huóyuè, guānxi gèng róngqià.
任美琪： 我是讀社會學的。我主張雙語並重。教學語言應以學科為本。在自然科學領域，如西醫、化學等學科，一直是國外領先，有些專業的英文詞語是很難翻譯成中文的。而有的學科則是中國特有的，如中醫、中國文學，比如古典詩詞歌賦甚麼的，	*Rén Měiqí:* Wǒ shì dú shèhuìxué de, wǒ zhǔzhāng shuāngyǔ bìngzhòng. Jiàoxué yǔyán yīng yǐ xuékē wéi běn. zài zìrán kēxué lǐngyù, rú xīyī、huàxué děng xuékē, yìzhí shì guówài lǐngxiān, yǒuxiē zhuānyè de Yīngwén cíyǔ shì hěn nán fānyì chéng Zhōngwén de. Ér yǒu de xuékē zé shì Zhōngguó tèyǒu de, rú Zhōngyī、Zhōngguó wénxué, bǐrú gǔdiǎn shīcí gēfù shénme de,

普通話	漢語拼音
還有中國古文字、古音韻等的教材，都很難翻譯，勉強翻譯會失去原意，弄得"非驢非馬"。據說，即使是著名的翻譯家也難以用英文準確譯出"高山流水覓知音"這句話所隱含的意義。剛才第二個發言的女生①提到培養國際型的人才，我想引用一句話回應，就是："最具民族性的東西往往就最具有世界性。"對每一所大學來說，用中英文教學都是重要的。綜上所述，我提出，大學的教學語言應中英文並重，不應向任何一方面傾斜。 （略）	hái yǒu Zhōngguó gǔwénzì、gǔyīnyùn děng de jiàocái, dōu hěn nán fānyì, miǎnqiǎng fānyì huì shīqù yuányì, nòngde "fēi lǘ fēi mǎ". Jùshuō, jíshǐ shì zhùmíng de fānyìjiā yě nányǐ yòng Yīngwén zhǔnquè yìchū "gāo shān liú shuǐ mì zhīyīn" zhè jù huà suǒ yǐnhán de yìyì. Gāngcái dì èr gè fāyán de nǚshēng tídào péiyǎng guójì xíng de réncái, wǒ xiǎng yǐnyòng yí jù huà huíyìng, jiù shì: "zuì jù mínzú xìng de dōngxi wǎngwǎng jiù zuì jùyǒu shìjiè xìng". Duì měi yì suǒ dàxué lái shuō, yòng Zhōng Yīngwén jiàoxué dōu shì zhòngyào de. Zōng shàng suǒ shù, wǒ tíchū, dàxué de jiàoxué yǔyán yīng Zhōng Yīngwén bìngzhòng, bù yīng xiàng rènhé yì fāngmiàn qīngxié. (lüè)
主持人： 今天的座談會到此結束。校方會聽取同學們的意見，在制定教學語言政策時認真加以研究。感謝參加今天座談會的各位同學。再見！	*Zhǔchírén:* Jīntiān de zuòtánhuì dào cǐ jiéshù. Xiàofāng huì tīngqǔ tóngxuémen de yìjiàn, zài zhìdìng jiàoxué yǔyán zhèngcè shí rènzhēn jiāyǐ yánjiū. Gǎnxiè cānjiā jīntiān zuòtánhuì de gè wèi tóngxué. Zàijiàn!

註釋：

① "XX 同學"和"同學"

香港話稱呼"同學"既可以表示單數，也可以表示"複數"，但在普通話裏，表示稱呼時，"同學"一般只表示單數，如果表示複數，後面要加"們"，或前面有修飾成分。如："各位同學"、"學普通話的同學"等。香港話"同學"前面可以沒有修飾語，如"同學提出"、"同學認為"，而普通話要在前面加上限定性的詞語，如"這位同學"、"發言的同學"。受英文語序的影響，香港話可以說"同學尚未繳納學費的請與註冊組聯繫"，把修飾成分"尚未繳納學費"放在後面。而普通話修飾語應放在"同學"前面。此外，香港話在"同學"前面可以冠以姓氏，如"張同學"、"李同學"等，而普通話則用全名或只用名字，例如："秦晉同學"或"曉明同學"，一般不會只用"姓氏＋同學"來相稱。

② "招生"和"收生"

香港學校招收學生一般用"收生"，而普通話則用"招生"，國內有"招生委員會"和"招生辦"（簡稱"招辦"）等機構，一般不說"收生"。

③ "吸引人"和"好吸引"

香港話把某人某事物很吸引人説成"好吸引"。普通話"吸引"這個動詞後面是要跟一個對象作賓語的，比如："用中國傳統文化這一辦學特點去吸引世界各地的學生"。如果"吸引"的對象是泛指的話，可以説"很吸引人"。例如："世博會中國館的電子動態版'清明上河圖'很吸引人"，不會只説"好吸引"。

④ "男生"、"女生"

普通話"男生"、"女生"是"男學生"和"女學生"的簡稱。對一些青年男女，尤其是大齡青年男女一般稱"男士"、"女士"；"男人"、"女人"；"男的"、"女的"等，一般不稱"男生"、"女生"，但在一些方言裏可以指男女青年。

2. 課文詞語

1.	諮詢	zīxún	2.	成效	chéngxiào
3.	微調	wēitiáo	4.	實施	shíshī
5.	母語	mǔyǔ	6.	維護	wéihù
7.	尊嚴	zūnyán	8.	認同感	rèntónggǎn
9.	宗旨	zōngzhǐ	10.	殖民地	zhímíndì
11.	承載	chéngzài	12.	傳承	chuánchéng
13.	愈加	yùjiā	14.	盯着	dīngzhe
15.	雙語	shuāngyǔ	16.	生源	shēngyuán
17.	陳述	chénshù	18.	頻密	pínmì
19.	預見	yùjiàn	20.	眾所周知	zhòngsuǒzhōuzhī
21.	全球化	quánqiúhuà	22.	無庸置疑	wúyōngzhìyí
23.	接軌	jiēguǐ	24.	削弱	xuēruò
25.	逐年遞增	zhúnián dìzēng	26.	障礙	zhàng'ài
27.	人文關懷	rénwén guānhuái	28.	勉強	miǎnqiǎng
29.	就讀	jiùdú	30.	遷就	qiānjiù
31.	融洽	róngqià	32.	傾斜	qīngxié

3．補充詞語

1. 各抒己見	gè shū jǐjiàn	2. 暢所欲言	chàng suǒ yù yán
3. 差強人意	chā qiáng rényì	4. 名存實亡	míng cún shí wáng
5. 座談會	zuòtánhuì	6. 授課語言	shòukè yǔyán
7. 銜接	xiánjiē	8. 因材施教	yīn cái shī jiào
9. 母語教學	mǔyǔ jiàoxué	10. 中英兼擅	Zhōngyīng jiān shàn
11. 教學效果	jiàoxué xiàoguǒ	12. 多元化	duōyuánhuà
13. 決策	juécè	14. 拔尖補底	bájiānbǔdǐ

4．語音練習

4.1 聲調

普通話陰平聲（第一聲）與粵語陰平聲很多都是對應的。但粵語中一些非陰平的聲調在普通話也會讀第一聲，例如課文中"綜上所述"的"綜"字，粵語讀去聲，"無庸置疑"的"庸"在粵語是陽平聲，但這兩個字在普通話卻是讀第一聲的，這是需要認真分辨的。這種情況還有以下例子：

1. 估：估計 gūjì	2. 慷：慷慨 kāngkǎi	3. 抓：抓緊 zhuājǐn
4. 擁：擁有 yōngyǒu	5. 毆：毆打 ōudǎ	6. 糾：糾正 jiūzhèng
7. 顆：顆粒 kēlì	8. 頗：偏頗 piānpō	9. 煽：煽動 shāndòng
10. 究：究竟 jiūjìng	11. 綜：綜合 zōnghé	12. 帆：風帆 fēngfān
13. 悠：悠久 yōujiǔ	14. 椰：椰子 yēzi	15. 殊：特殊 tèshū
16. 鯨：鯨魚 jīngyú	17. 鼾：鼾聲 hānshēng	18. 松：松柏 sōngbǎi
19. 剖：解剖 jiěpōu	20. 微：稍微 shāowēi	21. 危：危險 wēixiǎn

4.2　聲母

聲母 d 和 t 都是舌尖清塞音。d 是不送氣的，t 是送氣的。這一對聲母在粵語和普通話中也有互相交錯的現象。如果能成組記憶，效果更佳。

粵語聲母是 d → 普通話聲母是 t

1. 特：特點 tèdiǎn	2. 踏：踐踏 jiàntà	3. 慟：哀慟 āitòng
4. 凸：凹凸 āotū	5. 突：突然 tūrán	6. 悌：孝悌 xiàotì

粵語聲母是 t → 普通話聲母是 d

1. 殆：危殆 wēidài	2. 怠：倦怠 juàndài	3. 貸：貸款 dàikuǎn
4. 淡：淡水 dànshuǐ	5. 禱：祈禱 qídǎo	6. 堤：堤壩 dībà
7. 提：提防 dīfáng	8. 肚：肚子 dùzi	9. 盾：矛盾 máodùn
10. 舵：舵手 duòshǒu	11. 疸：黃疸 huángdǎn	

有些粵語聲母是 d 的，在普通話裏卻讀作其他聲母，這也要認真辨析。例如：

1. 秩：秩序 zhìxù	2. 隸：奴隸 núlì	3. 琢：琢磨 zuómo

4.3　韻母

分辨並讀準下列韻母：

粵語韻母是 ɔ → 普通話韻母是 e

1. 科：科學	2. 柯：柯姓	3. 課：課程
4. 歌：唱歌	5. 戈：戈壁	6. 個：個別
7. 呵：呵護	8. 何：如何	9. 賀：祝賀

粵語韻母是 ɛ → 普通話韻母是 e

1. 車：車站	2. 扯：扯皮	3. 惹：招惹
4. 社：社會	5. 舍：宿舍	6. 射：投射
7. 者：記者	8. 這：這些	9. 遮：遮擋

5. 詞語練習

5.1 普粵 "各説各"

詞語	粵語常説	普通話常説	在以下語境中，普粵 "各説各"
座位	位	座	報名參加今天座談會的人很多，我一大早來就已經沒座兒了。
課堂	堂（上堂、落堂）	課	明天我一整天都沒課，你下課後去圖書館替我把這幾本書還了好嗎？
霸佔	霸（位）	佔	今天的演講一票難求，你的教室離演講廳近，你先去給我佔個座兒吧！
細小	細	小	發言的人聲音都這麼小，我們坐後邊兒的幾乎都聽不見。
強勁	勁	強	辯方的攻勢超強，正方幾乎招架不住了。

練習：

幾個同學一組，用 "普粵各説各" 中的 "普通話常説" 詞語各造一個句子，並説出來讓大家聽聽。

座　　　課　　　佔　　　小　　　強

5.2 口語詞 "對對碰"

三至五人一組，根據文中內容解釋加點的詞語所表達的意思，並説出這些詞對應粵語哪些詞語：

甲：辯方二辯手真厲害，看他那身兒行頭就知道不是一般人。

乙：聽説他在個人微博上説的話很快就都火了，有些話還很雷人，矛頭專指影視界的名人。如果沒人介紹，你想認識他，門兒都沒有。

甲：要不怎麼説他是最牛的呢？

乙：他的網頁也很特別，點擊率倍兒高。

甲：他們班的同學都説他剛入學時不怎麼説話，不成想今兒出息了。

乙：是啊，不像有的人老瞎咋呼，其實肚子裏沒甚麼料。

6. 説話練習

6.1　觀點陳述連接用語

一、語段層次分節常用語：

1.　首先，……其次，……最後，

例：首先，從歷史的角度來看，……其次，從語言文化的角度來看，……最後，我想強調…

2.　還有，從……的情況看，……

例：還有，從大學生源的情況看，……

3.　再説了，……

例：再説了，大學如果以中文為主要教學語言，如何吸引全世界各地的學生來報讀，又從何談與國際接軌呢？

4.　眾所周知，……因此，我認為（我主張、我提出）……

例：眾所周知，英語是國際語言，……因此我認為（我主張、我提出）

5.　可見，……

例：可見，用母語教學，才是真正體現學校對學生的人文關懷。

二、中間插話：

1.　對不起，我插一句，……

2.　我打斷一下，……

3.　我補充一點，……

三、表示同意：

    1. 我同意這個觀點⋯⋯

    2. 我贊成／贊同⋯⋯

    3. 我也這麼認為⋯⋯

四、表示反對或部分反對：

    1. 我不同意／不太同意⋯⋯

    2. 我不贊成／不贊同⋯⋯

    3. 我不這麼認為⋯⋯

    4. 不見得是這樣⋯⋯

    5. 話雖這麼說⋯⋯，可是⋯⋯

    6. 說是那麼說⋯⋯，可是⋯⋯

五、概括上文所述觀點的常用語：

    1. 綜上所述，⋯⋯

    2. 總而言之，⋯⋯

    3. 概括來說，⋯⋯

    4. 總起來說，⋯⋯

    例：綜上所述，香港與內地的交往越來越頻密，展望可預見的未來，兩地的關係會愈加密切，以中文為教學語言能大大提高學生的中文水平。

請用上述語段開頭、連接和概述等詞語發表你對教學語言的看法。

6.2　情景說話練習

分成幾個小組，分別就以下幾個話題進行辯論：

第一組：

    在一個公開論壇上，有人認為大學畢業生素質不斷下降，但你認為這並不符合事實。作為 90 後大學生，請你就這一問題發表意見進行反駁。

第二組：

在一個公開論壇上，有人說香港回歸後沒有新聞自由了。但是你認為這種說法並不符合實際情況。作為一個生活在香港多年的市民，現在請你發言反駁香港現在沒有新聞自由的論點。

第三組：

在大學舉辦的關於香港大學生北上內地就業是否有優勢的研討會上，有同學認為，香港大學生北上就業有優勢，但是你不同意這個看法，你作為一個土生土長的香港學生，請發言反駁這個觀點。

介紹香港治安

（語言功能：介紹 建議）

1. 課文

> 情景：大學暑期課程辦公室為一個從北京來的遊學團舉辦關於香港治安問題的簡介會，
> 邀請了香港警務處防止罪案科督察甄女士專題介紹香港治安狀況和旅遊須知。

普通話	漢語拼音
甄督察： 各位同學，見到你們我就有一種特別的親切感。我在北京出生，小時候隨父母來香港定居，現在在家裏還是説北京話。用句香港話説，我和你們是"同聲同氣"的。下面跟大家説一下關於香港的社會治安狀況。與其他國家和地區相比，遠的如美國，因槍械管制比較寬鬆，所以槍擊案時有發生；近的如鄰近香港的內地邊境城市，流動人口多，搶劫案發生率也很高。因此，相對來説，香港的治安是良好的。我還想通過一些數據來説明：去年一項調查數據顯示，以每十萬人口為單位計算發案率：香港為 1108 宗；	*Zhēn dūchá :* Gèwèi tóngxué, jiàndào nǐmen wǒ jiù yǒu yì zhǒng tèbié de qīnqiègǎn. wǒ zài Běijīng chūshēng, xiǎoshíhou suí fùmǔ lái Xiānggǎng dìngjū, xiànzài zài jiā li hái shì shuō Běijīnghuà. Yòng jù Xiānggǎng huà shuō, wǒ hé nǐmen shì "tóngshēng tóngqì"de. Xiàmiàn gēn dàjiā shuō yí xià guānyú Xiānggǎng de shèhuì zhì'ān zhuàngkuàng. Yǔ qítā guójiā hé dìqū xiāng bǐ, yuǎn de rú Měiguó, yīn qiāngxiè guǎnzhì bǐjiào kuānsōng, suǒyǐ qiāngjī'àn shí yǒu fāshēng; jìn de rú línjìn Xiānggǎng de nèidì biānjìng chéngshì, liúdòng rénkǒu duō, qiǎngjié'àn fāshēnglǜ yě hěn gāo. Yīncǐ, xiāngduì lái shuō, Xiānggǎng de zhì'ān shì liánghǎo de. Wǒ hái xiǎng tōngguò yìxiē shùjù lái shuōmíng: qùnián yí xiàng diàochá shùjù xiǎnshì, yǐ měi shíwàn rénkǒu wéi dānwèi jìsuàn fā'ànlǜ: Xiānggǎng wéi 1108 zōng;

普通話	漢語拼音
日本東京是 1814 宗；美國紐約有 2378 宗；加拿大多倫多是 6689 宗；法國巴黎為 10973 宗；英國倫敦高達 11300 宗。可見，香港的發案率是最低的。在嚴重罪行的數字比對方面，仍按每十萬人口比率計算，謀殺、搶劫、盜竊案件的發案率，香港都遠遠低於上述幾個世界聞名的國際大都市。而在破案率方面，香港警方卻比上述幾大城市的警察局要高，嚴重罪行的破案率高達九成或以上。比較各組相關數字得出，香港罪案率為亞洲最低。所以説呀，香港是全亞洲最安全穩定的地區，也是全世界最安全的地區之一。	Rìběn Dōngjīng shì 1814 zōng; Měiguó Niǔyuē yǒu 2378 zōng; Jiānádà Duōlúnduō shì 6689 zōng; Fǎguó Bālí wéi 10973 zōng; Yīngguó Lúndūn gāodá 11300 zōng.Kějiàn, Xiānggǎng de fā'ànlǜ shì zuì dī de. Zài yánzhòng zuìxíng de shùzì bǐ duì fāngmiàn, réng àn měi shíwàn rénkǒu bǐlǜ jì suàn, móushā、qiǎngjié、dàoqiè ànjiàn de fā'ànlǜ, Xiānggǎng dōu yuǎnyuǎn dī yú shàngshù jǐ gè shìjiè wénmíng de guójì dà dūshì. Ér zài pò'ànlǜ fāngmiàn, Xiānggǎng jǐngfāng què bǐ shàngshù jǐ dà chéngshì de jǐngchájú yào gāo, yánzhòng zuì xíng de pò'ànlǜ gāodá jiǔchéng huò yǐshàng. Bǐ jiào gè zǔ xiāngguān shùzì déchū, Xiānggǎng zuì'ànlǜ wéi Yàzhōu zuì dī. Suǒyǐ shuō ya, Xiānggǎng shì quán Yàzhōu zuì ānquán wěndìng de dìqū, yěshì quán shìjiè zuì ānquán de dìqū zhīyī.
但是，我們也要看到，香港進一步向內地開放旅遊市場以來，有少數不法分子利用內地遊客人生地不熟這一特點，以各種犯罪手法進行違法犯罪活動，使旅客生命及財產遭受損害，也使香港聲譽嚴重受損。下面我向同學們介紹不法分子的幾種犯罪手法，提醒大家提高警惕，以防上當受騙：	Dànshì, wǒmen yě yào kàndào, Xiānggǎng jìn yí bù xiàng nèidì kāifàng lǚyóu shìchǎng yǐ lái, yǒu shǎoshù bùfǎfènzǐ lìyòng nèidì yóukè rén shēng dì bù shú zhè yí tèdiǎn, yǐ gè zhǒng fànzuì shǒufǎ jìnxíng wéifǎ fànzuì huódòng, shǐ lǚkè shēngmìng jí cáichǎn zāoshòu sǔnhài, yě shǐ Xiānggǎng shēngyù yánzhòng shòusǔn. Xiàmiàn wǒ xiàng tóngxuémen jièshào bùfǎfènzi de jǐ zhǒng fànzuì shǒufǎ, tíxǐng dàjiā tígāo jǐngtì, yǐ fáng shàngdàng shòupiàn:
一是"扒手陷阱"。一些不法分子會在找換店附近，將一疊假鈔扔在地上，然後謊稱是遊客掉了錢，受害者信以為真，蹲下撿錢時，錢包便不翼而飛。還有的先用番茄醬或其他東西濺污受害人的衣服，當受害人忙於清理時，匪徒便趁機下手。	Yī shì "páshǒu xiànjǐng". Yì xiē bùfǎfènzǐ huì zài zhǎohuàndiàn fùjìn, jiāng yì dié jiǎchāo rēng zài dìshang, ránhòu huǎngchēng shì yóukè diàole qián, shòuhàizhě xìnyǐwéizhēn ,dūnxià jiǎn qián shí, qiánbāo biàn búyì'érfēi. Hái yǒu de xiān yòng fānqiéjiàng huò qítā dōngxi jiàn wū shòuhàirén de yīfu, dāng shòuhàirén mángyú qīnglǐ shí, fěitú biàn chènjī xià shǒu.

普通話	漢語拼音
二是 "購物陷阱"。一些不良海味店在價目牌上寫一個不標明單位的價格，遊客想當然以為是以斤計價，到付款時，店舖卻説是以 "兩" 計價。還要注意的是，香港某些零售業計算 "斤" 的方法與內地不同，香港是 "一斤十六兩"，內地是 "一斤十兩"，兩者相距甚遠，你們購物時要先問清楚，以免受騙。三是 "桃色陷阱"。一些不法分子利用網吧從事色情勾當，有的遊客不知其中有貓膩① 上門光顧，進去上網，發現不對勁兒② 想離開時，卻被脅迫繳納所謂 "開機費" 及 "服務費"。四是 "交通陷阱"。有些出租車司機不按計程錶收費，或隨意增加附加費，亂收行李費和隧道費等，故意繞路的現象也時有發生。你們不熟悉香港環境，容易成為不法分子的下手對象。	Èr shì "gòuwù xiànjǐng". Yìxiē bù liáng hǎiwèidiàn zài jiàmùpái shàng xiě yí gè bù biāomíng dānwèi de jiàgé, yóukè xiǎngdāngrán yǐwéi shì yǐ jīn jì jià, dào fùkuǎn shí, diànpù què shuō shì yǐ "liǎng" jì jià. Hái yào zhùyì de shì, Xiānggǎng mǒu xiē língshòuyè jìsuàn "jīn" de fāngfǎ yǔ nèidì bù tóng, Xiānggǎng shì "yì jīn shíliù liǎng", nèidì shì "yì jīn shíliǎng", liǎngzhě xiāng jù shèn yuǎn, nǐmen gòuwù shí yào xiān wèn qīngchu, yǐmiǎn shòupiàn. Sān shì "táosè xiànjǐng". Yìxiē bùfǎfènzǐ lìyòng wǎngbā cóngshì sèqíng gòudàng, yǒu de yóukè bù zhī qízhōng yǒu māonì shàngmén guānggù, jìnqu shàngwǎng, fāxiàn búduìjìnr xiǎng líkāi shí, què bèi xiépò jiǎonà suǒwèi "kāijī fèi" jí "fúwùfèi". Sì shì "jiāotōng xiànjǐng". Yǒu xiē chūzūchē sījī bú àn jìchéngbiǎo shōufèi, huò suíyì zēngjiā fùjiāfèi, luàn shōu xíngli fèi hé suìdào fèi děng, gùyì ràolù de xiànxiàng yě shí yǒu fāshēng. Nǐmen bù shúxī Xiānggǎng huánjìng, róngyì chéngwéi bùfǎfènzǐ de xiàshǒu duìxiàng.
鑒於涉及內地遊客的罪案有上升的趨勢，我特別提醒大家除了警惕上述幾方面以免掉入 "陷阱" 外，還要注意以下幾點：一，不要攜帶大量現金外出，尤其到郊外遠足時更不要攜帶大量現金和貴重物品；二呢，要小心保管好旅遊證件和隨身攜帶的貴重物品，如電腦、照相機還有名貴的包兒③ 甚麼的；三呢，在人多擁擠的地方，不要隨處擺放個人行李財物；四是觀光遊覽時，小心有人藉故貼近行竊；還有第五，在櫃員機提款時，留意觀察周圍是否有可疑的人。我們歡迎所有遊客向	Jiànyú shèjí nèidì yóukè de zuì'àn yǒu shàngshēng de qūshì, wǒ tèbié tíxǐng dàjiā chúle jǐngtì shàngshù jǐ fāngmiàn yǐmiǎn diàorù "xiànjǐng" wài, hái yào zhùyì yǐxià jǐ diǎn: Yī, bú yào xiédài dàliàng xiànjīn wàichū, yóuqí dào jiāowài yuǎnzú shí gèng bú yào xiédài dàliàng xiànjīn hé guìzhòng wùpǐn; Èr ne, yào xiǎoxīn bǎoguǎn hǎo lǚyóu zhèngjiàn hé suíshēn xiédài de guìzhòng wùpǐn, rú diànnǎo、zhàoxiàngjī hái yǒu mínguì de bāor shénme de; Sān ne, zài rén duō yōngjǐ de dìfang bú yào suíchù bǎifàng gèrén xíngli cáiwù; Sì shì guānguāng yóulǎn shí, xiǎoxīn yǒu rén jiègù tiējìn xíngqiè; Háiyǒu dìwǔ, zài guìyuánjī tíkuǎn shí, liúyì guānchá zhōuwéi shìfǒu yǒu kěyí de rén. Wǒmen huānyíng suǒyǒu yóukè xiàng

普通話	漢語拼音
香港警方諮詢問題，發現可疑情況積極向警方報案並提供線索，配合④警方查案。最後，希望大家在香港學有所得，玩兒得開心，事事順利。謝謝大家！	Xiānggǎng jǐngfāng zīxún wèntí, fāxiàn kěyí qíngkuàng jījí xiàng jǐngfāng bào'àn bìng tígōng xiànsuǒ, pèihé jǐngfāng chá'àn. Zuì hòu, xīwàng dàjiā zài Xiānggǎng xué yǒu suǒ dé, wánr de kāixīn, shìshì shùnlì. Xièxie dàjiā!

註釋：

① "貓膩"

本指貓的排泄物。貓排泄之後總是將之掩埋，因此"貓膩"引申表示底下隱藏的不道德交易，或指見不得光、上不了台面的事情。如："警察盤問時他們支支吾吾的不肯説實話，一看就知道裏面有貓膩。"

② "不對勁兒"

表示不妥，或與自己預料和原來想像的不一樣。如："老闆今天上班一直繃着個臉兒，我總覺得有點兒不對勁兒。""你先去那個煤礦看看，發現不對勁兒馬上回來。"

③ "包兒"

"隨身攜帶的包兒"是泛指女士的各種手提包，香港話會説"手袋"。普通話"包兒"也可指男士的公文包等。

④ "配合"

動詞"配合"一般用於各方面分工合作來完成共同的任務。例如："我們應配合學生會搞好這次演講比賽"、"市民應該配合政府完成今年的人口普查工作"。至於香港人講普通話時常説"這個安排與我的時間不配合"、"這件衣服很配合這條裙"，普通話應該説："這個安排與我的時間有衝突"、"這件衣服和這條裙子搭配得好"或"這件衣服很配這條裙子"。

2. 課文詞語

1.	督察	dūchá	2.	槍械	qiāngxiè
3.	管制	guǎnzhì	4.	鄰近	línjìn
5.	邊境	biānjìng	6.	搶劫	qiǎngjié
7.	案例	ànlì	8.	威脅	wēixié
9.	數據	shùjù	10.	發案率	fā'ànlǜ
11.	盜竊	dàoqiè	12.	聲譽	shēngyù

13. 顧問	gùwèn	14. 提醒	tíxǐng
15. 警惕	jǐngtì	16. 相距甚遠	xiāng jù shèn yuǎn
17. 假鈔	jiǎchāo	18. 謊稱	huǎngchēng
19. 濺污	jiàn wū	20. 趁機	chènjī
21. 色情	sèqíng	22. 勾當	gòudàng
23. 脅迫	xiépò	24. 繳納	jiǎonà
25. 隧道	suìdào	26. 繞道	ràodào
27. 涉及	shèjí	28. 不翼而飛	búyì'érfēi
29. 歹徒	dǎitú	30. 遠足	yuǎnzú
31. 攜帶	xiédài	32. 擁擠	yōngjǐ

3. 補充詞語

1. 公安局	gōng'ānjú	2. 派出所	pàichūsuǒ
3. 警察	jǐngchá	4. 片兒警	piànr jǐng
5. 刑事案	xíngshì'àn	6. 騙子	piànzi
7. 社會治安	shèhuì zhì'ān	8. 偷錢包	tōu qiánbāo
9. 進屋盜竊	jìn wū dàoqiè	10. 詐騙	zhàpiàn
11. 販毒 / 吸毒	fàndú / xīdú	12. 賣淫	màiyín
13. 嫖娼	piáochāng	14. 黃賭毒	huáng dǔ dú
15. 投機倒把	tóujī dǎobǎ	16. 洗黑錢	xǐ hēiqián
17. 分贓	fēnzāng	18. 鬥毆	dòu'ōu
19. 貪污	tānwū	20. 行賄 / 受賄	xínghuì / shòuhuì
21. 挾持人質	xiéchí rénzhì		

4. 語音練習

4.1 聲調

粵語陰平聲和陰入聲字大多數與普通話陰平聲（第一聲）是對應的，但也有相當部分音節的聲調例外。例如"諮詢"的"詢"，粵語讀陰平聲，而普通話讀第二聲；又如"遠足"的"足"粵語讀陰入聲，普通話也讀第二聲。這些普粵不對應的音節要加以分辨，否則會讀錯音。類似的情況還有：

1. 俘：俘虜 fúlǔ	2. 崎：崎嶇 qíqū	3. 於：終於 zhōngyú
4. 嘲：嘲笑 cháoxiào	5. 摩：按摩 ànmó	6. 檬：檸檬 níngméng
7. 詢：諮詢 zīxún	8. 肪：脂肪 zhīfáng	9. 魔：魔鬼 móguǐ
10. 竹：竹子 zhúzi	11. 足：足球 zúqiú	12. 菊：菊花 júhuā

4.2 聲母

普通話聲母 g 和 k 是舌尖清塞音，g 是不送氣的，k 是送氣的。這一對聲母在普通話和粵語之間有相互交錯的現象，也應認真分辨。例如：

1. 丐：乞丐 qǐgài	2. 概：概括 gàikuò	3. 溉：灌溉 guàngài
4. 鈣：鈣質 gàizhì	5. 規：規矩 guīju	6. 構：機構 jīgòu
7. 溝：溝通 gōutōng	8. 劊：劊子手 guìzishǒu	9. 購：購買 gòumǎi
10. 箍：緊箍咒 jǐngūzhòu	11. 扛：扛槍 kángqiāng	12. 匱：匱乏 kuìfá

4.3 韻母

讀準下列韻母：

粵語韻母是 ɔ → 普通話韻母是 u

1. 初：初衷	2. 楚：楚國	3. 礎：基礎
4. 雛：雛鳥	5. 鋤：鋤頭	6. 阻：阻礙
7. 梳：梳理	8. 疏：疏忽	9. 助：助理

粵語韻母是 ou → 普通話韻母是 u

1. 補：補習	2. 捕：逮捕	3. 布：織布
4. 粗：粗淺	5. 杜：杜撰	6. 路：路線
7. 魯：魯莽	8. 努：努力	9. 母：母愛
10. 鋪：鋪開	11. 數：數碼	12. 無：無疑

5. 詞語練習

5.1 普粵 "各説各"

詞語	粵語常説	普通話常説	在以下語境中，普粵 "各説各"
憎恨	憎	恨	我最**恨**那些吸毒的人，多少家庭讓這些人弄得傾家蕩產。
兇惡	惡	兇	警察接報來盤問肇事司機時，那人態度還很**兇**。
躲避	避	躲	為了**躲**債主，他已經好些天沒回家了。
暴躁	躁	暴	老闆最近脾氣很**暴**，因為他家孩子因偷竊被公安機關拘捕了。
監牢	監	牢	他十八歲時就因犯搶劫罪坐了兩年**牢**。

練習：

幾個同學一組，用 "普粵各説各" 中的 "普通話常用" 詞語各造一個句子，並説出來讓大家聽聽。

恨　　兇　　躲　　暴　　牢

5.2　口語詞"對對碰"

三至五人一組，根據文中內容解釋加點的詞語所表達的意思，並説出這些詞對應粵語哪些詞語：

母女小對話

媽媽：丫頭，你別穿得那麼花哨上夜班，太扎眼了容易遭劫。

女兒：香港治安好，我不怕。一路上很多網吧都通宵營業，熱鬧着呢。

媽媽：那些網吧門臉兒似乎正經八百，可一遇警察來巡查，裏面立馬就雞飛狗跳的，保不齊在幹些甚麼見不得人的勾當呢？

女兒：那我們進去找些證據去報警？

媽媽：這個馬蜂窩可捅不得，聽説都是些有背景的人開的。

6. 説話練習

6.1　實用語段開頭、連接詞語：

1.　與……相比，……遠的如……近的如……

　　課文例句：與其他國家相比，遠的如美國，因槍械管制比較寬鬆，所以槍擊案時有發生；近的如鄰近的邊境城市，搶劫案發生率很高。

2.　關於……狀況，我想通過一些數據來説明……

　　課文例句：關於香港的社會治安狀況，我想通過一些數據來説明。

3.　一項調查數據顯示，以…… 單位計算，發案率是……

　　課文例句：據 2009 年一項調查數據顯示，以每十萬人口為單位計算，發案率是……

4.　比較各組相關數字得出，……最低（最高），……

　　課文例句：比較各組相關數字得出，香港罪案率為亞洲最低。

5.　比……要高

而在破案率方面，香港警方卻比上述幾大城市的警察局要高。

6.　但是我們也要看到……

課文例句：但是我們也要看到，香港進一步向內地開放旅遊市場以來，有少數不法分子利用內地同胞人生路不熟，以各種犯罪手法進行違法犯罪活動。

7.　鑒於……，我特別提醒大家要注意以下各點：……

課文例句：鑒於涉及內地遊客的罪案增加，我特別提醒大家要注意以下各點：一，不要攜帶大量現金外出，尤其是……

小組活動：用以上語段開頭、連接詞語説説自己居住所在區域的治安狀況。

6.2　情景説話練習

兩個同學一組，就以下話題説説你的建議：

1.　你和幾個年輕朋友談到，中學生或大學生找暑期工弄不好會遇到陷阱而受騙。作為他們的朋友，請説説你對年輕的學生找暑期工防止受騙有哪些方面的建議。

2.　請你與一個內地生或海外交換生介紹一下香港治安方面還有哪些 "陷阱"，比如美容院、補習社、街頭祈福等，並且給他（她）提一些建議，提醒要注意哪些事情。

單元複習一

1. 闡釋

話題功能之一的"闡釋"，指說話時就某一問題闡述並解釋自己的觀點和看法。

闡釋要儘可能重點突出，層次分明，條理明晰。

重點突出就是要抓住闡釋內容最突出、最有代表性的問題展開論述；層次分明、條理明晰就是要圍繞重點，分條列項逐一闡述。

常見的方式是按照"總分式"的結構進行論述，即由一句主題句引出闡釋內容的要點，讓聽者能夠清晰地了解闡述的主題，然後從不同的角度層層深入分述。

課文範例（一）：

第一課第一段

主題句："大氣環境是地球上一切生物賴以生存和進化的基礎"

分述一：適宜的氣候創造了甚麼樣的環境；

分述二：惡劣的天氣帶來哪些災難；

分述三：形成惡劣氣候的原因。

課文範例（二）：

第一課第一段

主題句：關於中國節能減排的相關背景是：

分述一：中國經濟發展正處於城市化和工業化背景下碳密度相對較高的重工業主導的階段，能源消耗主要以高碳為主；

分述二：我國土地資源的特徵——煤炭為主而不是石油；

課文範例（三）：

第一課第二段

主題句：大城市的碳排放主要是兩個方面：

分述一：一個是以私家車快速增長為特徵的城市交通；

分述二：建築的溫室氣體排放。

如此闡述問題就能觀點突出、層次分明、簡明扼要。

練習

請用總分式的表達方式就以下問題闡述你的觀點。

1. 應否給予性工作者合法地位的問題。

2. 關於對"人定勝天"這一觀點的看法。

3. 香港回歸後英文地位問題。

2. 反駁

在座談會、辯論會中，當對某一方的觀點有不同意見時，就會進行反駁。常見的"反駁"技巧有以下幾點：

2.1 針鋒相對

反駁時，"點對點"的反駁往往會起到有的放矢的即時效果，這就是"針鋒相對"。

課文範例（一）

第二課第二段：

針對饒曉明提到的香港是具有特殊歷史背景的都市，翁茜即以"特殊歷史特別語言政策"回應；

課文範例（二）

第二課第二段：

饒曉明以"香港與內地交往日益頻密"為由，提出"以中文為主要教學語言，能大大提高學生的中文水平，培養適應這一新形勢的人才"，翁茜即打出"英語教學為國際潮流"的大旗，提出大學應培養"國際型人才"回應，針鋒相對。

2.2　從對方提出的論點或論據本身尋找反駁的突破口

課文範例（一）

第二課第三段：

秦晉以國際生"生源比例"逐年增加為據，提出用英文教學體現人文關懷的論點，錢江抓住"生源比例"為突破口，指出事實是："國際生只佔很小的比例""中文是絕大多數學生的母語"，強調"用中文教學，學生會有一種親切感，接受知識快，掌握得也更容易，自我表達和與老師互動也方便。"

課文範例（二）

第二課第五段：

秦晉質問"大學如果以中文為主要教學語言，如何吸引全世界各地的學生來報讀？"饒曉明抓住靠"語言吸引生源"這一觀點的薄弱性為突破口，提出留學生應先學語言而不應要學校遷就學生的母語，反駁不用英語教學就不能吸引國際生的觀點。

2.3　避實就虛，攻其不意

在辯論中，對方提出的觀點和事實往往是經過嚴謹縝密的思考，一時找不到內在的矛盾和漏洞，這時，我們就應避其鋒芒，從側面進攻。

課文範例：

第二課第二段：

饒曉明發言時開篇就指出"世界上所有國家都實施母語教學，這是維護國家尊嚴、維護本國文化、加強國家民族認同感所必須的。"這一點無可辯駁。反駁方沒有糾纏在這個問題上，而是抓住香港殖民地歷史和國際大都會的現實，強調英語是國際語言，用英語教學是國際潮流"，這就是從側面反攻的技巧。

練習：

試用以上反駁技巧對下列問題進行反駁：

1. 香港回歸後英文地位下降。

2. 港人非婚生子女不應有居港權。

3. 醫院應接納內地孕婦來港產子。

3. 建議

日常生活中，我們常常會遇到這樣的語境，需要給身邊的人提一些建議，讓對方在某事、某方面加以注意或做得更好。

若想別人接納你的建議，要注意以下幾方面：

第一，力陳利弊。如果你要成功地建議別人做好事情或避免失誤，首先要把問題的利弊陳述清楚，進而讓對方把關注點轉移到自己的建議上來。陳述弊端、危害時，不僅要把表面現象展現出來，還應揭示導致危害出現的隱含因素，這樣，提建議也就水到渠成了。

第二，取得信任。只有令對方信任你，才能讓他認真聽你分析、講解、評論，以至接納你的建議。因此，在提建議時取得對方的信任，大多能奏效。

第三，設身處地。就是讓自己站在接納建議者的位置上，從建議的合理點出發，使對方清晰地看到接受建議的好處和拒絕接受建議的後果。

第四，強調對方的利益。要使對方相信，放棄原有觀點，按照你的建議行事，不但不會損害其利益，而且還會使他在各方面更完善。

課文範例（一）

第三課第三段：

甄督察詳細陳述了香港治安幾大"陷阱"，這就是陳述弊端，把這些表面現象羅列出來，為第四段建議"以免掉入陷阱"做了鋪墊；

課文範例（二）

第三課第二段：

甄督察指出"有少數不法分子利用內地遊客人生地不熟這一特點，以各種犯罪手法進行違法犯罪活動，使旅客生命及財產遭受損失"，這就是先揭示導致危害出現的隱含性因素，然後再一一羅列注意事項，最後設身處地為對方着想，提出促使大家注意的五點"建議"就順理成章了。

提建議只是手段，使他人從你的建議中得到好處、免遭危害是目的。要獲得理想的建議效果，要善於運用得體的說話技巧，如：列舉事實、巧用數字、設身處地、變換角色等。

練習：

以香港治安的一個"陷阱"為例，向你一個從內地來的親戚或朋友提幾個防範的建議。

第 **4** 課 推介安居工程

（語言功能：説明 比較）

1. 課文

情景： 日前，內地某大城市舉辦大型住房保障政策宣傳諮詢活動，香港房委會應該市國土資源和房屋管理局邀請，由房屋署廖碧怡女士帶領的 5 人參觀訪問交流團前往該市參加諮詢活動。主辦機構安排公共關係科劉科長負責接待。

普通話	漢語拼音
劉科長[①]： 歡迎歡迎，我是國土房管局公共關係科的，姓劉，名叫可欣，你們叫我小劉吧！	*Liú kēzhǎng:* Huānyíng huānyíng, wǒ shì Guótǔ Fángguǎnjú gōnggòng guānxì kē de, xìng Liú, míng jiào Kěxīn, nǐ men jiào wǒ xiǎo Liú ba!
廖碧怡： 劉科長，您好！我們一行聞訊前來參加你們舉辦的住房保障政策宣傳諮詢活動。近年來，港人北上購房的情況日益增多，這次造訪你們這兒的主要目的是了解內地政府在保障性住房方面的政策，一來是借鑒經驗，二來想看看是否有互相合作的空間。	*Liào Bìyí:* Liú kēzhǎng, nínhǎo! Wǒmen yì xíng wén xùn qiánlái cānjiā nǐmen jǔbàn de Zhùfáng bǎozhàng zhèngcè xuānchuán zīxún huódòng. Jìnnián lái, Gǎng rén běi shàng gòu fáng de qíngkuàng rìyì zēngduō, zhècì zàofǎng nǐmen zhèr de zhǔyào mùdì shì liǎojiě nèidì zhèngfǔ zài bǎozhàngxìng zhùfáng fāngmiàn de zhèngcè, yīlái shì jièjiàn jīngyàn, èrlái xiǎng kànkan shìfǒu yǒu hùxiāng hézuò de kōngjiān.

普通話	漢語拼音
劉科長： 我看這樣吧，今天的諮詢活動在廣場中央造了一個本市保障性住房建設發展規劃模型。我現在就帶大家到那兒，現場向大家作介紹，這樣可以直觀一些，你們看行嗎？	*Liú kēzhǎng:* Wǒ kàn zhèyàng ba, jīntiān de zīxún huódòng zài guǎngchǎng zhōngyāng zào le yí gè běnshì bǎozhàngxìng zhùfáng jiànshè fāzhǎn guīhuà móxíng. Wǒ xiànzài jiù dài dàjiā dào nàr, xiànchǎng xiàng dàjiā zuò jièshào, zhèyàng kěyǐ zhíguān yìxiē, nǐmen kàn xíng ma?
廖碧怡： 太好了！	*Liào Bìyí:* Tài hǎo le!
劉科長： 來，這邊請，我們邊走邊聊。	*Liú kēzhǎng:* Lái, zhèbiān qǐng. Wǒmen biān zǒu biān liáo.
廖碧怡： 我們香港政府房屋管理部門叫“房屋委員會”，簡稱“房委會”。我剛才在門口看到你們的招牌，你們叫“國土資源和房屋管理局”，簡稱“房管局”，是嗎？	*Liào Bìyí:* Wǒmen Xiānggǎng zhèngfǔ fángwū guǎnlǐ bùmén jiào “Fángwū wěiyuánhuì”, jiǎnchēng “Fáng wěihuì”. Wǒ gāngcái zài ménkǒu kàndào nǐmen de zhāopai, nǐmen jiào “Guótǔ zīyuán hé fángwū guǎnlǐ jú”, jiǎnchēng “Fángguǎn jú”, shì ma?
劉科長： 是啊，不僅機構名稱不同，兩地相關的詞彙差異還是挺多的。我們說買房子，你們說買樓，我們這兒“樓”的概念可是整座樓房，誰買得起呀？	*Liú kēzhǎng:* Shì a, bù jǐn jīgòu míngchēng bù tóng, liǎng dì xiāngguān de cíhuì chāyì hái shì tǐng duō de. Wǒmen shuō mǎi fángzi, nǐmen shuō mǎi lóu, wǒmen zhèr “lóu” de gàiniàn kě shì zhěng zuò lóufáng, shéi mǎideqǐ yā?
廖碧怡： 哈哈，香港人有錢啊。	*Liào Bìyí:* Hāha, Xiānggǎng rén yǒu qián na.
劉科長： 更有意思的是，你們買一套房子説買一個單位，在我們這兒，“單位”是指機關、團體或屬於一個機關、團體的各個部門，那更買不起了，哈哈…… 好，到了。這就是保障性住房模型。這個模型大致上展示了我市三大類保障性住房的分佈。	*Liú kēzhǎng:* Gèng yǒu yìsi de shì, nǐmen mǎi yí tào fángzi shuō mǎi yí gè dānwèi, zài wǒmen zhèr, “dānwèi” shì zhǐ jīguān、tuántǐ huò shǔyú yí gè jīguān、tuántǐ de gège bùmén, nà gèng mǎibuqǐ le, hāha… Hǎo, dào le. Zhè jiù shì bǎozhàngxìng zhùfáng móxíng. Zhège móxíng dàzhìshàng zhǎnshìle wǒ shì sān dà lèi bǎozhàngxìng zhùfáng de fēnbù.

普通話	漢語拼音
北邊兒橙色屋頂那一塊兒是經濟租賃房，也就是廉租房，是政府以租金補貼或實物配租的方式，向符合城鎮居民最低生活保障標準，並且住房困難的家庭提供社會保障性質的住房。簡單來說，廉租房是解決低收入家庭住房問題的一種制度，主要是由政府和社會力量投資建設的。我們局長最近向媒體披露，本市在今年可推出 3000 套經濟租賃房。局長指出[②]：在滿足本市城鎮戶籍住房困難群體需求的前提下，廉租房可以向在本市工作並簽訂了一定年限勞動合同、年人均可支配收入、資產淨值、居住面積符合政府公佈標準的引進人才、大學畢業生以及外來務工人員出租。南面黃色牆體那一區是限價房，是一種限價格、限套型面積的商品房。主要解決中低收入家庭的住房困難，是目前限制高房價的一種臨時性舉措。政府承諾，要優先保證中低價位、中小套型普通商品住房和廉租住房的土地供應，土地的供應應在限套型、限房價的基礎上，採取競地價、競房價的辦法，以招標方式確定開發建設單位。	Běibianr chéngsè wūdǐng nà yí kuàir shì jīngjì zūlìn fáng, yě jiùshì liánzūfáng, shì zhèngfǔ yǐ zūjīn bǔtiē huò shíwù pèi zū de fāngshì, xiàng fúhé chéngzhèn jūmín zuì dī shēnghuó bǎozhàng biāozhǔn, bìngqiě zhùfáng kùnnan de jiātíng tígōng shèhuì bǎozhàng xìngzhì de zhùfáng. Jiǎndān lái shuō, liánzūfáng shì jiějué dī shōurù jiātíng zhùfáng wèntí de yì zhǒng zhìdù, zhǔyào shì yóu zhèngfǔ hé shèhuì lìliang tóuzī jiànshè de. Wǒmen júzhǎng zuìjìn xiàng méitǐ pīlù, běn shì zài jīnnián kě tuīchū 3000 tào jīngjì zūlìnfáng. Júzhǎng zhǐchū: Zài mǎnzú běn shì chéngzhèn hùjí zhùfáng kùnnan qúntǐ xūqiú de qiántí xià, liánzūfáng kěyǐ xiàng zài běn shì gōngzuò bìng qiāndìngle yídìng niánxiàn láodòng hétong, nián rénjūn kě zhīpèi shōurù, zīchǎn jìngzhí, jūzhù miànjī fúhé zhèngfǔ gōngbù biāozhǔn de yǐnjìn réncái, dàxué bìyèshēng yǐjí wàilái wùgōng rényuán chūzū. Nánmiàn huángsè qiángtǐ nà yì qū shì xiànjiàfáng, shì yì zhǒng xiàn jiàgé, xiàn tào xíng miànjī de shāngpǐnfáng. Zhǔyào jiějué zhōng dī shōurù jiātíng de zhùfáng kùnnan, shì mùqián xiànzhì gāo fángjià de yì zhǒng línshíxìng jǔcuò. Zhèngfǔ chéngnuò, yào yōuxiān bǎozhèng zhōng dī jiàwèi, zhōngxiǎo tàoxíng pǔtōng shāngpǐn zhùfáng hé liánzū zhùfáng de tǔdì gōngyìng, tǔdì de gōngyìng yīng zài xiàn tàoxíng, xiàn fángjià de jīchǔ shàng, cǎiqǔ jìng dìjià, jìng fángjià de bànfǎ, yǐ zhāobiāo fāngshì quèdìng kāifā jiànshè dānwèi.
廖碧怡： 不好意思，我問一句，哪類人可以購買限價房呢？	*Liào Bìyí:* Bù hǎo yìsi, wǒ wèn yí jù, nǎ lèi rén kěyǐ gòumǎi xiànjiàfáng ne?
劉科長： 這類產品主要針對兩部分人群：一是具備一定房產消費能力的人群，二是定向購買的拆遷戶。東北角綠色陽台那一片是經濟適用住房，這類住房是已經列入國家計劃，	*Liú kēzhǎng:* Zhè lèi chǎnpǐn zhǔyào zhēnduì liǎng bùfen rénqún: yī shì jùbèi yídìng fángchǎn xiāofèi nénglì de rénqún, èr shì dìngxiàng gòumǎi de chāiqiānhù. Dōngběijiǎo lùsè yángtái nà yí piàn shì jīngjì shìyòng zhùfáng, zhè lèi zhùfáng shì yǐjing lièrù guójiā jìhuà,

普通話	漢語拼音
由城市政府去組織房地產開發企業或者集資建房單位建造的，以微利價向城鎮中低收入家庭出售的住房，它是具有社會保障性質的商品住宅，具有經濟性和適用性的特點。經濟性是指住房的價格相對同期市場價格來說是適中的，適合中等及低收入家庭的負擔能力；適用性是指在房屋的建築標準上不能削減和降低，要達到一定的使用效果。和其他許多國家一樣，經濟適用房是國家為低收入人群解決住房問題所做出的政策性安排。	yóu chéngshì zhèngfǔ qù zǔzhī fángdìchǎn kāifā qǐyè huòzhě jízī jiàn fáng dānwèi jiànzào de, yǐ wēilì jià xiàng chéngzhèn zhōng dī shōurù jiātíng chūshòu de zhùfáng, tā shì jùyǒu shèhuì bǎozhàng xìngzhì de shāngpǐn zhùzhái, jùyǒu jīngjìxìng hé shìyòngxìng de tèdiǎn. Jīngjìxìng shì zhǐ zhùfáng de jiàgé xiāngduì tóngqī shìchǎng jiàgé lái shuō shì shìzhōng de, shìhé zhōngděng jí dī shōurù jiātíng de fùdān nénglì; shìyòngxìng shì zhǐ zài fángwū de jiànzhù biāozhǔn shàng bù néng xuējiǎn hé jiàngdī, yào dádào yídìng de shǐyòng xiàoguǒ. Hé qítā xǔduō guójiā yíyàng, jīngjì shìyòngfáng shì guójiā wèi dī shōurù rénqún jiějué zhùfáng wèntí suǒ zuòchū de zhèngcèxìng ānpái.
廖碧怡： 這樣看來，經濟適用房大體上相當於香港的居屋了吧？香港 1978 年開始售賣的居屋，是政府為無法負擔私人樓宇但又不合資格申請公共房屋的人士提供的一種住房。	*Liào Bìyí:* Zhèyàng kànlái, jīngjì shìyòngfáng dàtǐshang xiāngdāngyú Xiānggǎng de Jūwū le ba? Xiānggǎng 1978 nián kāishǐ shòumài de Jūwū, shì zhèngfǔ wèi wú fǎ fùdān sīrén lóuyǔ dàn yòu bù hé zīgé shēnqǐng gōnggòng fángwū de rénshì tígōng de yì zhǒng zhùfáng.
劉科長： 我想是吧。	*Liú kēzhǎng:* Wǒ xiǎng shì ba.
廖碧怡： 劉科長，您能不能為我們介紹一下經濟適用房與普通商品房，也就是我們香港所謂私人樓宇的主要區別在哪些方面？	*Liào Bìyí:* Liú kēzhǎng, nín néng bu néng wèi wǒmen jièshào yí xià shìyòngfáng yǔ pǔtōng shāngpǐnfáng, yě jiùshì wǒmen Xiānggǎng suǒwèi sīrén lóuyǔ de zhǔyào qūbié zài nǎxiē fāngmiàn?
劉科長： 當然當然，經濟適用房與普通商品房的區別我看大致有幾方面：一是獲得土地的方式不同，經濟適用房建設用地實行行政劃撥，免交土地出讓金；商品房則採用	*Liú kēzhǎng:* Dāngrán dāngrán, jīngjì shìyòngfáng yǔ pǔtōng shāngpǐnfáng de qūbié wǒ kàn dàzhì yǒu jǐ fāngmiàn: Yī shì huòdé tǔdì de fāngshì bù tóng, jīngjì shìyòngfáng jiànshè yòngdì shíxíng xíngzhèng huàbō, miǎn jiāo tǔdì chūràng jīn; shāngpǐnfáng zé cǎiyòng

普通話	漢語拼音
出讓方式，須交納土地出讓金。二是租售政策不同，經濟適用房只售不租，商品房不受限制。三是購買條件和對象不同，經濟適用房享受政府優惠，其購買對象是特定的，只提供給城鎮中低收入家庭，因而要實行申請審批制度；商品房購買對象和條件不受限制。還有，價格政策不同，經濟適用房出售實行政府指導價，不得擅自提價出售。商品房出售價格完全由市場決定。此外，居民個人購買的經濟適用房產權歸個人。下面我帶大家去家居體驗展覽會參觀各類型房屋的樣板房。每套樣板房都在客廳備有自助餐招待大家，我們可以邊吃邊參觀。	chūràng fāngshì, xū jiāonà tǔdì chūràng jīn. Èr shì zū shòu zhèngcè bù tóng, jīngjì shìyòngfáng zhǐ shòu bù zū, shāngpǐnfáng bú shòu xiànzhì. Sān shì gòumǎi tiáojiàn hé duìxiàng bù tóng, jīngjì shìyòngfáng xiǎngshòu zhèngfǔ yōuhuì, qí gòumǎi duìxiàng shì tèdìng de, zhǐ tígōnggěi chéngzhèn zhōng dī shōurù jiātíng, yīn'ér yào shíxíng shēnqǐng shěnpī zhìdù; shāngpǐnfáng gòumǎi duìxiàng hé tiáojiàn bú shòu xiànzhì. Hái yǒu, jiàgé zhèngcè bù tóng, Jīngjì shìyòngfáng chūshòu shíxíng zhèngfǔ zhǐdǎo jià, bù dé shànzì tíjià chūshòu. Shāngpǐnfáng chūshòu jiàgé wánquán yóu shìchǎng juédìng. Cǐwài, jūmín gèrén gòumǎi de jīngjì shìyòngfáng chǎnquán guī gèrén. Xiàmiàn wǒ dài dàjiā qù jiājū tǐyàn zhǎnlǎnhuì cānguān gè lèixíng fángwū de yàngbǎn fáng. Měi tào yàngbǎn fáng dōu zài kètīng bèi yǒu zìzhùcān zhāodài dàjiā, wǒmen kěyǐ biān chī biān cānguān.
廖碧怡： 哎呀，你們安排得真周到，太客氣了，我代表大家衷心感謝你們！	*Liào Bìyí:* Āiya, nǐmen ānpái de zhēn zhōudao, tài kèqi le, wǒ dàibiǎo dàjiā zhōngxīn gǎnxiè nǐmen!
劉科長： 哪裏哪裏③，你們大老遠④從香港過來，我們該盡地主之誼嘛！	*Liú kēzhǎng:* Nǎli nǎli, nǐmen dà lǎoyuǎn cóng Xiānggǎng guòlai, wǒmen gāi jìn dìzhǔ zhī yì ma!

註釋：

① "劉科長"

　　普通話稱呼有職銜或軍銜的人，習慣在姓氏後加職銜或軍銜。如："劉科長"、"趙處長"、"李局長"、"王校長"、"張軍長"等。現在還時興省略職銜中的"長"，簡稱為："劉科"、"張處"、"李局"、"王校"等。

② "指出"和"指"

　　普通話"指出"一詞，粵語中常單用"指"表示，而且這個"指"在香港粵語中語用範圍很廣，例如：

1）某人某機構指。如："行政長官指"、"研究人員指"、"食環署指"等。在這個語境中，普

通話用 "指出"、"認為"、"強調"、"表明" 等詞表示。如果主語是機構名稱，則會在機構後面加上有關人員，如："食環署有關負責人指出"、"外交部發言人強調" 等，一般不會單用 "指"；

2）某消息來源指。如："消息指"、"報導指" 等。這裏的 "指"，普通話也用 "指出"、"認為" 等；

3）調查指，實驗指。如："結果指"、"民調指" 等。在這個語境中，普通話會用 "顯示"、表明 等詞語，例如："調查顯示"、"結果 / 研究表明" 等，同樣不會單用 "指"。

③　"哪裏哪裏"

在課文語境中是客套話，而非問話，常用在回應對方誇獎你的時候。例如：甲："聽説局長最器重你，到哪兒出差開會都帶着你。" 乙："哪裏哪裏，我只不過是個跑腿兒的。"

④　"大老遠"

相對來説比較遠。

2. 課文詞語

1.	聞訊	wénxùn		2.	購房	gòu fáng
3.	借鑒	jièjiàn		4.	規劃	guīhuà
5.	模型	móxíng		6.	直觀	zhíguān
7.	國土資源	guótǔ zīyuán		8.	房管局	Fángguǎnjú
9.	機關	jīguān		10.	團體	tuántǐ
11.	租金	zūjīn		12.	補貼	bǔtiē
13.	制度	zhìdù		14.	投資	tóuzī
15.	媒體	méitǐ		16.	披露	pīlù
17.	簽訂	qiāndìng		18.	資產淨值	zīchǎn jìngzhí
19.	外來務工	wàilái wùgōng		20.	舉措	jǔcuò
21.	承諾	chéngnuò		22.	供應	gōngyìng
23.	招標	zhāobiāo		24.	拆遷戶	chāiqiānhù
25.	集資	jízī		26.	微利	wēilì
27.	削減	xuējiǎn		28.	售賣	shòumài

29. 劃撥	huàbō	30. 擅自	shànzì
31. 處置	chǔzhì	32. 體驗	tǐyàn

3. 補充詞語

1. 保障性住房	bǎozhàngxìng zhùfáng	2. 經濟適用房	jīngjì shìyòngfáng
3. 經濟租賃房	jīngjì zūlìnfáng	4. 限價房	xiànjiàfáng
5. 廉租房	liánzūfáng	6. 開發商	kāifāshāng
7. 調控	tiáokòng	8. 競價	jìng jià
9. 房源點	fáng yuán diǎn	10. 輪候	lúnhòu
11. 房價	fángjià	12. 空置樓盤	kōng zhì lóupán
13. 危房	wēifáng	14. 安居	ānjū
15. 特困人口	tèkùn rénkǒu	16. 物業管理	wùyè guǎnlǐ
17. 監管	jiānguǎn	18. 產權	chǎnquán
19. 違章建築	wéizhāng jiànzhù	20. 首付	shǒufù
21. 分期付款	fèn qī fù kuǎn	22. 房奴	fángnú

4. 語音練習

4.1 聲調練習

粵語上聲字（陰上、陽上）大部分在普通話讀第三聲。如網、你、女、鳥、矯、小、表等等，普通話都讀第三聲。但粵語一些非上聲字在普通話裏也會讀第三聲，比如粵語一些陰平聲（第一聲）、陰去聲（第三聲）、陽平聲（第四聲）、陽去聲（第六聲）在普通話裏也會讀第三聲。例如：

1. 卡：賀卡 hèkǎ	2. 僥：僥倖 jiǎoxìng	3. 喊：喊叫 hǎnjiào
4. 錶：手錶 shǒubiǎo	5. 傘：雨傘 yǔsǎn	6. 悔：後悔 hòuhuǐ
7. 諷：諷刺 fěngcì	8. 傻：傻瓜 shǎguā	9. 偽：偽鈔 wěichāo
10. 導：導遊 dǎoyóu	11. 輔：輔助 fǔzhù	12. 纜：纜車 lǎnchē
13. 禧：千禧 qiānxǐ	14. 穎：聰穎 cōngyǐng	15. 儉：儉樸 jiǎnpǔ

4.2　聲母練習

分辨下列聲母

粵語聲母是送氣音 ch → 普通話聲母是不送氣音 zh：

1. 拯：拯救 zhěngjiù	2. 衷：衷心 zhōngxīn	3. 柱：支柱 zhīzhù
4. 診：出診 chūzhěn	5. 重：重量 zhòngliàng	6. 灼：灼傷 zhuóshāng
7. 卓：卓越 zhuóyuè	8. 桌：桌子 zhuōzi	9. 轍：車轍 chēzhé
10. 昭：昭示 zhāoshì		

4.3　韻母練習

分辨並讀準下列韻母：

粵語韻母是 [y] → 普通話韻母是 u

1. 處：住處 zhùchù	2. 如：如果 rúguǒ	3. 書：書籍 shūjí
4. 豎：豎立 shùlì	5. 恕：寬恕 kuānshù	6. 珠：珠寶 zhūbǎo
7. 主：主題 zhǔtí	8. 著：著作 zhùzuò	9. 駐：駐軍 zhùjūn

粵語韻母是 [uk] → 普通話韻母是 u

1. 卜：占卜 zhānbǔ	2. 畜：牲畜 shēngchù	3. 毒：中毒 zhòngdú
4. 福：幸福 xìngfú	5. 服：服從 fúcóng	6. 哭：哭泣 kūqì
7. 陸：陸地 lùdì	8. 俗：通俗 tōngsú	9. 足：立足 lìzú

5. 詞語練習

5.1 普粵"各説各"

詞語	粵語常説	普通話常説	類似以下語境，普粵"各説各"
乘搭	搭	乘	從這兒**乘**地鐵 5 號線就能到達那個小區，不用倒車。
挖掘	掘	挖	山邊兒那片別墅旁邊兒**挖**了一條洩洪渠，即使山洪暴發也不會有問題。
遮擋	遮	擋	這種窗簾的布料特別好，既可以**擋**陽光，還可以防輻射。
擠迫	迫	擠	香港住房面積一般比較小，所以市民普遍感覺住得很**擠**。
摺疊	摺	疊	很多香港人住房面積小，晚上只能用摺疊牀睡在客廳，晚上鋪開，早上**疊**起來。

練習：

幾個同學一組，用"普粵各説各"中的"普通話常説"詞語各造一個句子，並説出來讓大家聽聽。

乘　　挖　　擋　　擠　　疊

5.2 口語詞"對對碰"

三至五人一組，根據文中內容解釋加點的詞語所表達的意思，並説出這些詞對應粵語哪些詞語。

甲：我一聽她説要自己買房子，就覺得不靠譜，她這才工作幾年呀。

乙：嗨，顯擺自己找到一個有錢的男朋友唄，還説那男的有幾個富有的香港親戚呢。

甲：聽説那也是八竿子打不着的親戚，沒準兒還是瞎編的呢。

乙：可她愣是真買下二環路上一套三居室了。

甲：怪不得最近約她逛街都説沒功夫了。

乙：怕是緊着忙活裝修新房子吧。

6. 説話練習

6.1　實用語段層次分節常用語：

1.　這次到訪你們的主要目的，一來……二來……

　　課文例句：這次到訪你們這兒的主要目的是了解內地政府在保障性住房方面的政策，一來是借鑒經驗，二來想看看是否有互相合作的空間。

2.　我看這樣吧……

　　課文例句：我看這樣吧，今天的諮詢活動在廣場中央造了一個本市保障性住房建設發展規劃模型……

3.　這是一個建築規劃模型：北邊兒那一塊是 ……，南面……東北角那一片是……

　　課文例句：這個模型大致上展示了我市三大類保障性住房的分佈。北邊兒橙色屋頂那一塊兒是廉租房，南面黃色牆體那一區是限價房，東北角綠色陽台那一片是經濟適用住房。

4.　……與……的區別我看大致有幾方面的不同：一是……，二是……，三是……

　　課文例句：經濟適用房與普通商品房的區別我看大致有幾方面的不同：一是獲得土地的方式不同……；二是租售政策不同……；三是購買條件和對象不同……

　　請參考下圖提供的資料，用上述語段分節常用語向一個內地來的參觀團介紹香港牛頭角下邨的重建規劃。

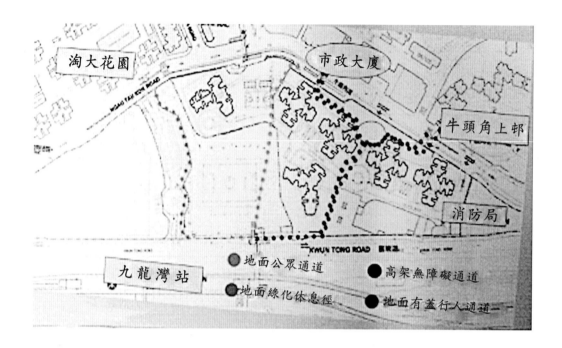

6.2 情景説話練習：

三個同學一組，進行介紹：

1. 你班上的一個內地生問起香港私人樓宇、居屋和公屋這三類住房，請你們三個同學分別向這位內地生作一個説明。

2. 參照內地經濟適用房與普通商品房的區別，向你的一個從內地來的親戚比較一下香港私人樓宇與內地普通商品房的不同。

3. 在一個新聞發佈會上，有人問到香港推出的"置安心"計劃與內地"安居工程"孰優孰劣，你作為香港房屋署官員，請向提問者做一個比較。

第5課 理解年輕一代

（語言功能：演講）

1. 課文

情景：不論是在網絡世界還是在現實社會當中，"非主流"已經不是一種個別現象，它在部分青少年當中盛行，需要引起社會的關注。在一個以"80後"與"90後"為主題的演講比賽中，評委對一位90後的演講"我們怎麼了？"評分反差很大。由此引起對90後"非主流"現象的熱議。內地某電台著名欄目"空中論談"播出了該演講，並開闢討論區，參與者空前踴躍。以下是演講節選及討論觀點摘要。

普通話	漢語拼音
演講：我們怎麼了？ 從懂事開始，我們耳邊總聽到80後調侃^①說：讀小學時，上大學是不用交學費的，上大學時，小學不用交學費了；沒談戀愛時，婚姻像牢固的"圍城"，談婚論嫁時，滿城都是閃婚閃離的；沒掙錢時，房子是單位分的，能掙錢時，房子是買不起的；沒上大學時，大學畢業是國家包分配^②的，上了大學後，畢業是找不到工作的……諸如此類。我們90後不願意在這樣的對比中慨歎生不逢時，怨天尤人，所以我們當中的一些人寧可生活在虛擬的網絡世界，逃避現實世界的煩惱，	*Yǎnjiǎng : Wǒmen zěnme le?* Cóng dǒngshì kāishǐ, wǒmen ěrbiān zǒng tīngdào 80 hòu tiáokǎn shuō: Dú xiǎoxué shí, shàng dàxué shì bú yòng jiāo xuéfèi de, shàng dàxué shí, xiǎoxué bú yòng jiāo xuéfèi le; Méi tán liàn'ài shí, hūnyīn xiàng láogù de "wéichéng", tán hūn lùn jià shí, mǎn chéng dōu shì shǎn hūn shǎn lí de; Méi zhèngqián shí, fángzi shì dānwèi fēn de, néng zhèngqián shí, fángzi shì mǎibuqǐ de; Méi shàng dàxué shí, dàxué bìyè shì guójiā bāo fēnpèi de, shàng le dàxué hòu, bìyè shì zhǎobudào gōngzuò de... Zhū rú cǐ lèi. Wǒmen 90 hòu bú yuànyì zài zhèyàng de duìbǐ zhōng kǎitàn shēng bù féng shí, yuàn tiān yóu rén, suǒyǐ wǒmen dāngzhōng de yìxiē rén, nìng kě shēnghuó zài xūnǐ de wǎngluò shìjiè, táobì xiànshí shìjiè de fánnǎo,

普通話	漢語拼音
他們放縱自我，特立獨行，熱衷自拍、跳街舞、寫“火星文”、穿奇裝異服、沉溺於網絡遊戲……，社會因此批判他們為“腦殘文化”，是“社會病態”，稱他們為“垃圾孩子”，還以此為我們 90 後貼標籤。但是，我想問，有誰認真探討過，是甚麼樣的環境滋生出這“非主流”文化呢？	Tāmen fàngzòng zìwǒ, tè lì dú xíng, rèzhōng zìpāi、tiào jiē wǔ、xiě “huǒxīng wén”、chuān qí zhuāng yì fú、chénnì yú wǎngluò yóuxì…, shèhuì yīncǐ pīpàn tāmen wéi “nǎo cán wénhuà”, shì “shèhuì bìngtài”, chēng tāmen wéi “lājī háizi”, hái yǐcǐ wèi wǒmen 90 hòu tiē biāoqiān. Dànshì, wǒ xiǎng wèn, yǒu shéi rènzhēn tàntǎo guò, shì shénmeyàng de huánjìng zīshēng chū zhè “fēi zhǔliú” wénhuà ne?
對我們生長的環境，我們有十萬個為甚麼：為甚麼爛俗的流行歌曲如此泛濫？為甚麼報攤雜誌封面那麼多暴露的女性身材？為甚麼暢銷書大多離不開色情和暴力？為甚麼在台上唱高調教訓人的人，轉臉便是一個個被揭發貪污受賄的貪官？這一切充斥着我們的耳目，伴隨着我們的成長。在這樣的環境裏，誰能說自己會成長得一塵不染？請你們在責備我們之前，趕緊給我們的環境來一個大掃除吧！	Duì wǒmen shēngzhǎng de huánjìng, wǒmen yǒu shíwàn gè wèishénme: Wèishénme làn sú de liúxíng gēqǔ rúcǐ fànlàn? Wèishénme bàotān zázhì fēngmiàn nàme duō bàolù de nǚxìng shēncái? Wèi shénme chàngxiāo shū dàduō líbukāi sèqíng hé bàolì? Wèi shénme táishàng chàng gāodiào jiàoxùn rén de rén, zhuǎnliǎn biànshì yí gè ge bèi jiēfā tānwū shòuhuì de tānguān? Zhè yíqiè chōngchìzhe wǒmende ěrmù, bànsuízhe wǒmen de chéngzhǎng. Zài zhèyàng de huánjìng lǐ, shéi néng shuō zìjǐ huì chéngzhǎng de yì chén bù rǎn? Qǐng nǐmen zài zébèi wǒmen zhī qián, gǎnjǐn gěi wǒmen de huánjìng lái yí ge dà sǎochú ba!
我們的腦不殘，只是厭倦了說教，特別痛恨那些居高臨下教育別人的人用自己都不相信的大道理來教訓我們、約束我們。我們不是病態的，在網絡虛擬世界中，我們並非都頹廢：我們有愛心，在汶川大地震，在中國舉辦的奧運、亞運、大運會上，志願者中就有我們數以千萬計的身影；我們有熱情，獻血救災的長龍因我們的加入而不斷延伸；我們有公義，在網絡上反腐敗、揭貪官、痛批社會不公，我們跟帖③的人不比 70、80 後少。	Wǒmen de nǎo bù cán, zhǐ shì yànjuàn le shuōjiào, tèbié tòng hèn nàxiē jū gāo lín xià jiàoyù biéren de rén yòng zìjǐ dōu bù xiāngxìn de dà dàolǐ lái jiàoxùn wǒmen、yuēshù wǒmen. Wǒmen bú shì bìngtài de, zài wǎngluò xūnǐ shìjiè zhōng, wǒmen bìngfēi dōu tuífèi: Wǒmen yǒu àixīn, zài Wènchuān dà dìzhèn, zài Zhōngguó jǔbàn de àoyùn、Yàyùn、Dàyùnhuì shàng, zhìyuànzhě zhōng jiù yǒu wǒmen shù yǐ qiānwàn jì de shēnyǐng; Wǒmen yǒu rèqíng, xiànxiě jiùzāi de chánglóng yīn wǒmen de jiārù ér bú duàn yánshēn; Wǒmen yǒu gōngyì, zài wǎngluò shàng fǎn fǔbài、jiē tānguān、tòng pī shèhuì bùgōng, wǒmen gēn tiě de rén bù bǐ 70、80 hòu shǎo.

普通話	漢語拼音
我們不是"垃圾孩子"，我們要大聲告訴社會："非主流"不是洪水猛獸，"非主流"也不是全部 90 後！	Wǒmen bú shì "lājī háizi", wǒmen yào dà shēng gàosu shèhuì: "fēi zhǔliú" bú shì hóngshuǐ měngshòu, "fēi zhǔliú" yěbú shì quánbù 90 hòu!
"空中辯論會"： 嘟嘟嘟……（電話鈴聲）	Kōngzhōng biànlùnhuì: Dū dū dū… (diànhuà língshēng)
主持人： 喂，您好。請問您是從事甚麼工作的？對剛播出的演講以及 90 後"非主流"現象您有甚麼看法？	Zhǔchírén: Wèi, nínhǎo. Qǐngwèn nín shì cóngshì shéme gōngzuò de? duì gāng bōchū de yǎnjiǎng yǐjí 90 hòu "fēi zhǔliú" xiànxiàng nín yǒu shénme kànfǎ?
聽眾 A： 主持人您好，這篇演講反映出 90 後渴望得到理解和包容的心態。我是從事心理學研究的，我認為，年輕人總是希望引起別人的關注，當他們在學業、事業等方面沒能獲得成功的時候，就容易在不同尋常的"非主流"當中尋找成功的、引人注意的感覺。 這是正常心理現象，也是很多人從幼稚走向成熟的必經階段。的確不應把"非主流"當作洪水猛獸。就拿七八十年代來說吧，那時候有人穿喇叭褲、牛仔褲、穿耳、紋身等，當時不也是被看做另類受到排斥嗎？但隨着時代的發展，最後大家還是接納了它們。為甚麼社會不能寬容地對待這些所謂"非主流"現象呢？崇尚"非主流"的孩子只是在這個特定的年齡過於追求自我，即便有出格④之處也無需大驚小怪，隨着年齡的增長，他們自然會摒棄這些不成熟的東西的。	Tīngzhòng A: Zhǔchírén nínhǎo. Zhè piān yǎnjiǎng fǎnyìng chū 90 hòu kěwàng dédào lǐjiě hé bāoróng de xīntài. Wǒ shì cóngshì xīnlǐxué yánjiū de, wǒ rènwéi, niánqīngrén zǒngshì xīwàng yǐnqǐ biérén de guānzhù, dāng tāmen zài xuéyè、shìyè děng fāngmiàn méi néng huòdé chénggōng de shíhou, jiù róngyì zài bùtóng xúncháng de "fēi zhǔliú" dāngzhōng xúnzhǎo chénggōng de、yǐn rén zhùyì de gǎnjué. Zhè shì zhèngcháng xīnlǐ xiànxiàng, yěshì hěn duō rén cóng yòuzhì zǒu xiàng chéngshú de bì jīng jiēduàn. Díquè bù yīng bǎ "fēi zhǔliú" dàngzuò hóngshuǐ měngshòu. Jiù ná qī bāshí niándài lái shuō ba, nà shíhou yǒu rén chuān lǎbakù、niúzǎikù, chuān ěr、wén shēn děng, dāngshí bù yě shì bèi kànzuò lìnglèi shòudào páichì ma? Dàn suízhe shídài de fāzhǎn, zuì hòu dàjiā háishi jiēnàle tāmen. Wèishénme shèhuì bù néng kuānróng de duìdài zhèxiē suǒwèi "fēi zhǔliú" xiànxiàng ne? Chóngshàng "fēi zhǔliú" de háizi zhǐshì zài zhège tèdìng de niánlíng guòyú zhuīqiú zìwǒ, jíbiàn yǒu chūgé zhī chù yě wúxū dàjīng xiǎoguài, suízhe niánlíng de zēngzhǎng, tāmen zìrán huì bìngqì zhèxiē bù chéngshú de dōngxi de.

普通話	漢語拼音
（電話接二連三打入） 聽眾 *B*： 我是 70 後的，我也喜歡標新立異的時尚主義，但是接受不了現在這病態的社會風氣。依我看，90 後所謂"非主流"的那些孩子，根本不懂得甚麼是真正的美，他們只是盲目跟風，浪費青春，貧瘠的精神生活造就了低級趣味。他們或者裝可愛，或者裝深沉，或者無病呻吟，他們所張揚的個性根本沒有甚麼實質內涵。他們在墮落自己的同時，也污染了社會風氣，帶來許多負面影響。十七八歲的孩子，是我們未來的希望，可是，我們民族將來能依靠他們這一代人嗎？	(Diànhuà jiēēr liánsān dǎrù) *Tīngzhòng B:* Wǒ shì 70 hòu de, wǒ yě xǐhuan biāo xīn lì yì de shíshàng zhǔyì, dànshì jiēshòu bù liǎo xiànzài zhè bìng tài de shèhuì fēngqì. Yī wǒkàn, 90 hòu suǒwèi "fēi zhǔliú" de nàxiē háizi, gēnběn bù dǒngde shénme shì zhēnzhèng de měi, tāmen zhǐ shì mángmù gēn fēng, làngfèi qīngchūn, pínjí de jīngshén shēnghuó zàojiùle dījí qùwèi. Tāmen huòzhě zhuāng kě'ài, huòzhě zhuāng shēnchén, huòzhě wúbìng shēnyín, tāmen suǒ zhāngyáng de gèxìng gēnběn méiyǒu shénme shízhì nèihán. Tāmen zài duòluò zìjǐ de tóngshí, yě wūrǎn le shèhuì fēngqì, dàilái xǔduō fùmiàn yǐngxiǎng. Shíqī bā suì de háizi, shì wǒmen wèilái de xīwàng, kěshì, wǒmen mínzú jiānglái néng yīkào tāmen zhè yí dài rén ma?
聽眾 *C*： 我是一名教師，我倒是認為，當一種文化現象出現時，不要只顧着去爭論其對錯，而要看這種現象產生的原因。沉浸於"非主流"當中的孩子，一般所處的家庭和社會環境都不太好，因此，對他們要理解和包容，不能輕言放棄。"非主流"的負面影響一定是存在的，不能任由其發展，但也不能簡單扼殺，而要控制和引導。這篇演講指出了社會對他們的教育和引導存在着缺失這一事實。這是我們教育工作者應該反思的。美國費城、芝加哥等大城市鑒於 2011 年英國大騷亂，採取了針對青少年而實施的宵禁，也不是根本解決問題的做法。倫敦騷亂後，市區街頭開闢了留言牆給全民討論。有一句留言很發人深思："參加騷亂的是我們的孩子，我們應該問問自己，	*Tīngzhòng C:* Wǒ shì yì míng jiàoshī, wǒ dàoshì rènwéi, dāng yì zhǒng wénhuà xiànxiàng chūxiàn shí, búyào zhǐ gùzhe qù zhēnglùn qí duì cuò, ér yào kàn zhè zhǒng xiànxiàng chǎnshēng de yuányīn. Chénjìn yú "fēi zhǔliú" dāngzhōng de háizi, yìbān suǒ chǔ de jiātíng hé shèhuì huánjìng dōu bú tài hǎo, yīncǐ, duì tāmen yào lǐjiě hé bāoróng, bù néng qīng yán fàngqì."Fēi zhǔliú"de fùmiàn yǐngxiǎng yídìng shì cúnzài de, bùnéng rènyóu qí fāzhǎn, dàn yě bù néng jiǎndān èshā, ér yào kòngzhì hé yǐndǎo. Zhè piān yǎnjiǎng zhǐchūle shèhuì duì tāmende jiàoyù hé yǐndǎo cúnzàizhe quēshī zhè yī shìshí. Zhè shì wǒmen jiàoyù gōngzuòzhě yīnggāi fǎnsī de. Měiguó Fèichéng、Zhījiāgē děng dà chéngshì jiànyú 2011nián Yīngguó dà sāoluàn, cǎiqǔ le zhēnduì qīngshàonián ér shíshí de xiāojìn, yě búshì gēnběn jiějué wèntí de zuòfǎ. Lúndūn sāoluàn hòu, shìqū jiētóu kāipì le liúyán qiáng gěi quánmín tǎolùn. Yǒu yí jù liúyán hěn fā rén shēn sī: "cānjiā sāoluàn de shì wǒmen de háizi, wǒmen yīnggāi wènwen zìjǐ,

普通話	漢語拼音
我們做了甚麼？”我的看法用一句話概括，那就是：包容、引導、別放棄孩子。	wǒmen zuòle shénme?" Wǒ de kànfǎ yòng yí jù huà gàikuò, nà jiù shì: bāoróng、yǐndǎo、bié fàngqì háizi.
聽眾 D： 我就是 90 後，我能理解同齡人的反叛心理，現在很多成人對我們多加指責時，忘了他們也曾年輕過。但話又說回來，青年人正值青春期，是應該有個性，但如果千篇一律地淪為一種形式，就失去了青年人的創造力。我認為 “非主流” 已經開始 “糜爛化、噁心化、愚蠢化” 了。	*Tīngzhòng D:* Wǒ jiù shì 90 hòu, wǒ néng lǐjiě tónglíngrén de fǎnpàn xīnlǐ, xiànzài hěn duō chéngrén duì wǒmen duō jiā zhǐzé shí, wàngle tāmen yě céng niánqīng guò. Dàn huà yòu shuōhuílái, qīngniánrén zhèngzhí qīngchūnqī, shì yīnggāi yǒu gèxìng, dàn rúguǒ qiānpiān yílù de lúnwéi yì zhǒng xíngshì, jiù shīqùle qīngniánrén de chuàngzàolì. Wǒ rènwéi "fēi zhǔliú" yǐjing kāishǐ "mílàn huà、ěxīn huà、yúchǔn huà" le.
主持人： 各位聽眾，現在是廣告時間，歡迎大家廣告後繼續撥打我們的熱線電話，參加我們的 “空中論談”。	*Zhǔchírén:* Gèwèi tīngzhòng, xiànzài shì guǎnggào shíjiān, huānyíng dàjiā guǎnggào hòu jìxù bō dǎ wǒmen de rèxiàn diànhuà, cānjiā wǒmende "kōngzhōng lùn tán".

註釋：

① “調侃”

嘲笑，帶有諷刺意味的開玩笑。例如：倫敦爆發 1980 年以來最嚴重的騷亂，許多英國年輕人響應網上發起的 “暴亂清理” 行動，當志願者去清掃街道，有一位父親調侃說：誰和我兒子說一聲，他去掃街道之前，先把他自己房間收拾了。

② “包分配”

90 年代以前，大學生都是國家統一招生，統一分配工作的。學校會參考畢業生的學習成績把他們分配到各企事業單位，所以稱 “包分配”。90 年代中開始，國家不再包大學生畢業分配，畢業生自主擇業，與用人單位雙向選擇。隨着計劃經濟的消失，“包分配” 自然而然地消失了。

③ “跟帖”

網絡用語，指在發表的帖子後面，寫上自己的意見，稱為 “跟帖”，也同 “回帖”。

④ “出格”

言語、行為動作與眾不同。香港人用 “出位” 表示。

2. 課文詞語

1. 演講	yǎnjiǎng	2. 熱議	rè yì
3. 開闢	kāipì	4. 踴躍	yǒngyuè
5. 戀愛	liàn'ài	6. 婚姻	hūnyīn
7. 掙錢	zhèngqián	8. 慨歎	kǎitàn
9. 生不逢時	shēng bù féng shí	10. 怨天尤人	yuàn tiān yóu rén
11. 虛擬	xūnǐ	12. 逃避	táobì
13. 煩惱	fánnǎo	14. 放縱	fàngzòng
15. 沉溺	chénnì	16. 標籤	biāoqiān
17. 滋生	zīshēng	18. 充斥	chōngchì
19. 厭倦	yànjuàn	20. 約束	yuēshù
21. 頹廢	tuífèi	22. 幼稚	yòuzhì
23. 紋身	wén shēn	24. 接納	jiēnà
25. 摒棄	bìngqì	26. 騷亂	sāoluàn
27. 宵禁	xiāojìn	28. 缺失	quēshī
29. 反叛	fǎnpàn	30. 墮落	duòluò
31. 貧瘠	pínjí	32. 糜爛	mílàn
33. 扼殺	èshā		

3. 補充詞語

1. 心理扭曲	xīnlǐ niǔqū	2. 淫穢	yínhuì
3. 援交	yuánjiāo	4. 吸毒	xīdú
5. 酗酒	xùjiǔ	6. 自殘	zìcán
7. 泡吧	pàobā	8. 街舞	jiē wǔ
9. 迷茫	mímáng	10. 誤導	wùdǎo

11. 防範	fángfàn	12. 離異	líyì
13. 涉嫌	shèxián	14. 溺愛	nì'ài
15. 校園暴力	xiàoyuán bàolì	16. 倫理道德	lúnlǐ dàodé
17. 涉網犯罪	shè wǎng fànzuì	18. 幫派橫行	bāngpài héngxíng
19. 犯罪團夥	fànzuìtuánhuǒ		

4. 語音練習

4.1 聲調

以下詞語是香港人說普通話時聲調容易出現誤讀的例子。請讀準下列詞語的聲調：

1. 劑：藥劑 yàojì	2. 境：入境 rùjìng	3. 賄：賄賂 huìlù
4. 卉：花卉 huāhuì	5. 映：反映 fǎnyìng	6. 腕：手腕 shǒuwàn
7. 框：鏡框 jìngkuàng	8. 紀：紀律 jìlù	9. 竟：竟然 jìngrán
10. 誼：友誼 yǒuyì	11. 奮：奮鬥 fèndòu	12. 憤：憤怒 fènnù
13. 戀：戀愛 liàn'ài	14. 拒：拒絕 jùjué	15. 誘：誘惑 yòuhuò
16. 繪：描繪 miáohuì	17. 掙：掙脫 zhèngtuō	18. 潰：崩潰 bēngkuì

對比練習一

1. 作息	zuòxī	做戲	zuòxì
2. 明珠	míngzhū	名著	míngzhù
3. 豬叫	zhū jiào	助教	zhùjiào
4. 中藥	zhōngyào	重要	zhòngyào
5. 開張	kāizhāng	開仗	kāizhàng

6. 追悔	zhuīhuǐ	墜毀	zhuìhuǐ
7. 專搞	zhuāngǎo	撰稿	zhuàngǎo
8. 裝鎖	zhuāngsuǒ	撞鎖	zhuàngsuǒ
9. 鐘點	zhōngdiǎn	重點	zhòngdiǎn
10. 蜘蛛	zhīzhū	支柱	zhīzhù

對比練習二

1. 實施	shíshī	史詩	shǐshī
2. 題型	tíxíng	體型	tǐxíng
3. 禪房	chánfáng	產房	chǎnfáng
4. 雞腸	jīcháng	機場	jīchǎng
5. 白頭	báitóu	擺頭	bǎitóu
6. 食用	shíyòng	使用	shǐyòng
7. 毒氣	dúqì	賭氣	dǔqì
8. 對答	duìdá	對打	duìdǎ
9. 牧童	mùtóng	木桶	mùtǒng
10. 圖畫	túhuà	土話	tǔhuà

讀準下列詞語中劃線詞語的聲調

1. 公開<u>場</u>合	2. 風<u>靡</u>全球	3. <u>綜</u>合援助金
4. 搖旗<u>吶</u>喊	5. 不甘<u>寂寞</u>	6. 曾經<u>擁</u>有
7. <u>傻</u>瓜相機	8. 山頂<u>纜</u>車	9. <u>諮詢</u>文件
10. 反<u>映</u>事實	11. 拒絕<u>賄賂</u>	12. 紀律<u>部</u>隊
13. 入<u>境</u>事務處	14. <u>擁擠</u>不堪	15. <u>諷</u>刺時政

4.2 聲母

粵語聲母是 h，在普通話有的也讀 h，有的卻讀 x、k、q 等。例如：

粵語讀 h，普通話讀 x

1. 希：希望 xīwàng	2. 喜：歡喜 huānxǐ	3. 熊：熊貓 xióngmāo
4. 雄：英雄 yīngxióng	5. 峽：三峽 Sānxiá	6. 狹：狹窄 xiázhǎi
7. 鄉：鄉村 xiāngcūn	8. 項：項目 xiàngmù	9. 效：效果 xiàoguǒ
10. 虛：虛假 xūjiǎ	11. 許：許願 xǔyuàn	12. 栩：栩栩如生 xǔxǔrúshēng

粵語讀 h，普通話讀 k

1. 看：看見 kànjiàn	2. 刊：刊載 kānzǎi	3. 堪：不堪 bùkān
4. 慷：慷慨 kāngkǎi	5. 肯：肯定 kěndìng	6. 懇：懇切 kěnqiè
7. 殼：貝殼 bèiké	8. 苛刻：kēkè	9. 坎坷：kǎnkě
10. 空：空間 kōngjiān	11. 孔：孔子 kǒngzǐ	12. 控：控制 kòngzhì

粵語讀 h，普通話讀 q

1. 慶：慶賀 qìnghè	2. 恰巧：qiàqiǎo	3. 輕巧：qīngqiǎo
4. 牽：牽掛 qiānguà	5. 欠：欠款 qiànkuǎn	6. 歉：歉意 qiànyì
7. 氫：氫氣 qīngqì	8. 器：器械 qìxiè	9. 勸：勸説 quànshuō

4.3 韻母

讀準下列韻母：

粵語韻母是 [uk] → 普通話韻母是 ü

1. 鞠：鞠躬 jūgōng	2. 菊：菊花 júhuā	3. 局：侷促 júcù
4. 綠：綠色 lǜsè	5. 氯：氯氣 lǜqì	6. 曲：彎曲 wānqū
7. 旭：旭日 xùrì	8. 續：繼續 jìxù	9. 畜：畜牧 xùmù

粵語韻母是 [œn] → 普通話韻母是 ün

1. 俊：英俊 yīngjùn	2. 駿：駿馬 jùnmǎ	3. 巡：巡遊 xúnyóu
4. 詢：諮詢 zīxún	5. 旬：中旬 zhōngxún	6. 循：遵循 zūnxún
7. 訊：資訊 zīxùn	8. 馴：馴服 xùnfú	9. 遜：謙遜 qiānxùn

5. 詞語練習

5.1 普粵"各説各"

詞語	粵語常説	普通話常説	類似以下語境，普粵"各説各"
沙啞	沙	啞	在迎新營裏，我們天天大聲喊口號，幾天下來，嗓子都喊**啞**了。
挑揀	揀	挑	近幾年香港各大學都到內地**挑**尖子生進入自己的學校，每年高考狀元都成了熱門人選。
熄滅	熄	滅	"大運之火"隨着大運會的閉幕熄滅了，但年輕人被它點燃的青春熱情卻久久不**滅**。
麻痹	痹	麻	聽演講的人太多了，我和很多人一樣，找不着座位，只能蹲着，不一會兒腿腳都**麻**了。
溶化	溶	化	父母對獨生子女往往呵護有加，捧在手心怕捂着了，含到嘴裏又怕**化**了。

練習：

　　幾個同學一組，用"普粵各説各"中的"普通話常説"詞語各造一個句子，並説出來讓大家聽聽。

　　啞　　挑　　滅　　麻　　化

5.2　口語詞"對對碰"

三至五人一組，根據文中內容解釋加點的詞語所表達的意思，並說出這些詞對應粵語哪些詞語：

很多"富二代"們按照父母的設計學這學那，甚至高考填報志願也是父母的意思，完全埋沒了孩子本人的意願，這樣的孩子，一定會擰巴着成長，擰巴着走着父母鋪好的路，許多孩子的理想生生給泡了湯。

小對話：

弟弟：我對學醫一點兒興趣都沒有，爸媽要再這麼逼我報醫學院，我真扛不住了。

姐姐：爸媽也不容易，再怎麼説，他們也是為你好，別再給他們添堵了。

弟弟：我今兒是不藏也不掖着了，我把話撂在這兒，反正在填報志願時我是要自己做回主了。

姐姐：唉，真拿你沒辦法，看來我是白忙活了，説了半天你愣是聽不進去。

6. 説話練習

6.1　實用語段開頭、連接詞語：

1.　即便……也無需……

課文例句：即便有出格之處也無需大驚小怪。

2.　隨着……自然會……

課文例句：隨着年齡的增長，他們自然會摒棄這些不成熟的東西的。

3.　依我看……

課文例句：依我看，90 後所謂"非主流"那些孩子根本不懂得甚麼是真正的美，他們只是盲目跟風，浪費青春。

4.　就拿……來説吧，……

課文例句：就拿七八十年代來說吧，那時候有人穿喇叭褲、牛仔褲，穿耳、紋身等，當時不也是被看做另類受到排斥嗎？

5. 我倒是認為，……

課文例句：我倒是認為，當一種文化現象出現時，不要只顧着去爭論其對錯，而要看這種現象產生的原因。

6. 但話又説回來，……

課文例句：但話又説回來，青年人正值青春期，是應該有個性，但如果千篇一律地淪為一種形式，就失去了青年人的創造力。

用以上語段開頭、連接語談談青少年未婚先孕問題。

6.2 情景説話練習

課堂演講會：

請就以下話題，在課堂上發表演講。

1. 你作為香港的 90 後青年，請你說說你是如何評價香港 90 後青年的。

2. 參考以下關於 "非主流" 現象的網上資料，作為一名大學生，請你發表對 "非主流" 現象的看法。

3. 香港是否應仿效某些國家推行 "全民退休金" 制度，是近來熱議的話題，你還有幾年就退休了，請從歷史和現實的角度，就香港是否應該在短期內推行全民退休金制度這一議題發表演講。

第6課 支援教育發展

（語言功能：致辭）

1. 課文

情景：香港支援西部教育發展基金會一行8人前往內地某城市，參加該市為基金會舉辦的捐贈儀式並參觀香港支援內地教育大型投資項目。

普通話	漢語拼音
主持人： 各位領導、各位來賓、各位朋友，晚上好！香港支援內地西部教育發展基金會向我市偏遠地區教育機構捐贈儀式現在開始。參加今天捐贈儀式的市領導有：副市長高翔先生、市教育局局長尹曉惠女士。香港方面有：香港支援內地西部教育發展基金會副會長蕭祥先生、總幹事甘小蓓女士。現在有請各位領導、各位嘉賓上主席台就坐。	*Zhǔchírén:* Gèwèi lǐngdǎo、gèwèi láibīn、gèwèi péngyou, wǎnshang hǎo! Xiānggǎng zhīyuán nèidì xībù jiàoyù fāzhǎn jījīnhuì xiàng wǒ shì piānyuǎn dìqū jiàoyù jīgòu juānzèng yíshì xiànzài kāishǐ. Cānjiā jīntiān juānzèng yíshì de shì lǐngdǎo yǒu: fùshìzhǎng Gāo Xiáng xiānsheng、shì Jiàoyùjú júzhǎng Yǐn Xiǎohuì nǚshì. Xiānggǎng fāngmiàn yǒu: Xiānggǎng zhīyuán nèidì xībù jiàoyù fāzhǎn jījīnhuì fùhuìzhǎng Xiāo Xiáng xiānsheng、zǒnggànshi Gān Xiǎobèi nǚshì. Xiànzài yǒuqǐng gèwèi lǐngdǎo、gèwèi jiābīn shàng zhǔxítái jiùzuò.
下面有請市教育局局長尹曉惠女士代表受贈地區教育機構致謝。	Xiàmiàn yǒuqǐng shì Jiàoyùjú júzhǎng Yǐn Xiǎohuì nǚshì dàibiǎo shòu zèng dìqū jiàoyù jīgòu zhìxiè.

普通話	漢語拼音
尹局長： 尊敬的高副市長、尊敬的蕭祥副會長、甘小蓓總幹事、各位來賓、各位同學，晚上好！	*Yǐn júzhǎng:* Zūnjìng de Gāo fùshìzhǎng、zūnjìng de Xiāo Xiáng fùhuìzhǎng、Gān Xiǎobèi zǒnggànshi、gèwèi láibīn、gèwèi tóngxué, wǎnshang hǎo!
我們沒有忘記，兩年前這個時候，也是在我們這個有“春城”之稱的美麗城市，在這風景秀麗的翠湖畔，我們接受了來自香港支援內地西部教育發展基金會的捐款和 500 台電腦、數千冊各類書刊雜誌以及大批學習用具。捐款我們已投入到修葺、新建和擴建校舍中；物資我們已經分發到十多個偏遠地區，特別是貧困縣上百所中小學，受惠學生逾萬人。更難能可貴的是，當基金會知道我們想方設法招商引資建設大型綜合文體①中心時，他們積極為我們穿針引線，找來很多投資商投資這個項目。經過多方通力合作，現在，綜合文體大樓已經竣工，部分已交付使用②了。	Wǒmen méiyǒu wàngjì, liǎng nián qián zhège shíhou, yěshì zài wǒmen zhège yǒu "Chūn chéng" zhī chēng de měilì chéngshì, zài zhè fēngjǐng xiùlì de Cuìhú pàn, wǒmen jiēshòule láizì Xiānggǎng Zhīyuán nèidì xībù jiàoyù fāzhǎn jījīnhuì de juānkuǎn hé 500 tái diànnǎo、shù qiān cè gèlèi shūkān zázhì yǐjí dà pī xuéxí yòngjù. Juānkuǎn wǒmen yǐ tóurù dào xiūqì、xīn jiàn hé kuò jiàn xiàoshè zhōng; wùzī wǒmen yǐjing fēnfā dào shíduō gè piānyuǎn dìqū, tèbié shì pínkùn xiàn shàngbǎi suǒ zhōngxiǎoxué, shòuhuì xuésheng yú wàn rén. Gèng nánnéng kěguì de shì, dāng jījīnhuì zhīdao wǒmen xiǎng fāng shè fǎ zhāo shāng yǐn zī jiànshè dàxíng zōnghé wéntǐ zhōngxīn shí, tāmen jījí wèi wǒmen chuān zhēn yǐn xiàn, zhǎolái hěn duō tóuzī shāng tóuzī zhège xiàngmù. Jīngguò duōfāng tōnglìhézuò, xiànzài, zōnghé wéntǐ dà lóu yǐjing jùngōng, bùfen yǐ jiāofù shǐyòng le.
今天，還是在這裏，香港支援內地西部教育發展基金會又一次向我們伸出援手，給我們帶來多媒體教學設施、圖書、學習用品、文體用品及捐款，再次把香港同胞對我們的關愛送到這裏。在此，我謹代表市教育局向基金會，並通過你們向熱心為我們偏遠貧困地區捐款捐物的香港同胞表示衷心的感謝！也衷心期待得到你們更多的支持。	Jīntiān, háishi zài zhèli, Xiānggǎng Zhīyuán nèidì xībù jiàoyù fāzhǎn jījīnhuì yòu yí cì xiàng wǒmen shēnchū yuánshǒu, gěi wǒmen dàilái duōméitǐ jiàoxué shèshī、túshū、xuéxí yòngpǐn、wéntǐ yòngpǐn jí juānkuǎn, zàicì bǎ Xiānggǎng tóngbāo duì wǒmen de guān'ài sòng dào zhèli. Zài cǐ, wǒ jǐn dàibiǎo shì Jiàoyùjú xiàng jījīnhuì, bìng tōngguò nǐmen xiàng rèxīn wèi wǒmen piānyuǎn pínkùn dìqū juānkuǎn juānwù de Xiānggǎng tóngbāo biǎoshì zhōngxīn de gǎnxiè! Yě zhōngxīn qīdài dédào nǐmen gèng duō de zhīchí.
我還想借此機會勉勵同學們，把對香港同胞關懷祖國西部貧困地區人民，尤其是年輕一代的感恩之心化作為祖國努力學習的力量，	Wǒ hái xiǎng jiè cǐ jīhuì miǎnlì tóngxuémen, bǎ duì Xiānggǎng tóngbāo guānhuái zǔguó xībù pínkùn dì qū rénmín, yóuqíshì niánqīng yí dài de gǎn'ēn zhī xīn huàzuò wèi zǔguó nǔlì xuéxí de lìliàng,

普通話	漢語拼音
發奮學習，在德、智、體、美四個方面全面發展，以優異的成績報答香港同胞們的關愛。最後，讓我們以熱烈的掌聲向基金會的代表們表示衷心的感謝！	fāfèn xuéxí, zài dé、zhì、tǐ、měi sì gè fāngmiàn quánmiàn fāzhǎn, yǐ yōuyì de chéngjì bàodá Xiānggǎng tóngbāomen de guān'ài. Zuìhòu, ràng wǒmen yǐ rèliè de zhǎngshēng xiàng jījīnhuì de dàibiǎomen biǎoshì zhōngxīn de gǎnxiè!
主持人： 下面由我們教育局尹局長親自帶領基金會的代表們參觀綜合文體中心。 （乘車前往綜合文體中心的路上）	*Zhǔchírén:* Xiàmiàn yóu wǒmen Jiàoyùjú Yǐn júzhǎng qīnzì dàilǐng jījīnhuì de dàibiǎomen cānguān zōnghé wéntǐ zhōngxīn. (chéngchē qiánwǎng zōnghé wéntǐ zhōngxīn de lùshang)
甘女士： 我們上次來時，聽說大多數學生還不會用電腦，也從未上過網，現在情況怎麼樣？	*Gān nǚshì:* Wǒmen shàngcì lái shí, tīngshuō dàduōshù xuésheng hái bú huì yòng diànnǎo, yě cóng wèi shàngguo wǎng, xiànzài qíngkuàng zěnmeyàng?
尹局長： 據本地媒體報導，今年參加高考的一位同學在語文試卷中寫道："香港基金會捐贈的電腦讓我們更多的同學有機會上網，見識了互聯網這個汪洋大海，親身體驗了人們説的'不到海裏沖浪，就不知道知識的海洋有多深，世界有多大'這句話的含義。上網使得③我們視野拓寬④了，知識豐富了，心胸也開闊了。"現在，許多中學生不僅會上網，還在網上開個人博客，已經有自己微博的也不在少數。	*Yǐn júzhǎng:* Jù běndì méitǐ bàodǎo, jīnnián cānjiā gāokǎo de yí wèi tóngxué zài yǔwén shìjuàn zhōng xiědào: "Xiānggǎng jījīnhuì juānzèng de diànnǎo ràng wǒmen gèng duō de tóngxué yǒu jīhuì shàngwǎng, jiànshile hùliánwǎng zhège wāngyáng dàhǎi, qīnshēn tǐyànle rénmen shuō de 'búdào hǎilǐ chōnglàng jiù bù zhīdao zhīshi de hǎiyáng yǒu duō shēn, shìjiè yǒu duō dà' zhè jù huà de hányì. Shàngwǎng shǐdé wǒmen shìyě tuòkuān le, zhīshi fēngfù le, xīnxiōng yě kāikuò le." Xiànzài, xǔduō zhōngxuéshēng bù jǐn huì shàngwǎng, hái zài wǎngshàng kāi gèrén bókè, yǐjing yǒu zìjǐ wēibó de yě bú zài shǎoshù.
甘女士： 可喜可賀呀！小學生們有足夠的文具用品嗎？	*Gān nǚshì:* Kě xǐ kě hè ya! Xiǎoxuéshēngmen yǒu zúgòu de wénjù yòngpǐn ma?

普通話	漢語拼音
尹局長： 去年開始，每逢新學年開學，我們都保證新入學的小學生人手一個新書包、一套文具。報上登了一個小學六年級學生寫的一篇作文說：背上香港同胞捐贈的新書包上學，感到肩上的重量不同一般，當碰到學習上的困難時，這個重量成了自己克服困難的動力。	*Yǐn júzhǎng:* Qùnián kāishǐ, měiféng xīn xuénián kāixué, wǒmen dōu bǎozhèng xīn rùxué de xiǎoxuéshēng rén shǒu yí gè xīn shūbāo、yí tào wénjù. Bào shang dēngle yí gè xiǎoxué liù niánjí xuésheng xiě de yì piān zuòwén shuō: Bēi shàng Xiānggǎng tóngbāo juānzèng de xīn shūbāo shàngxué, gǎndào jiānshang de zhòngliàng bù tóng yìbān, dāng pèngdào xuéxí shàng de kùnnan shí, zhège zhòngliàng chéngle zìjǐ kèfú kùnnan de dònglì.
甘女士： 真讓人感動。 （到達綜合文體中心）	*Gān nǚshì:* Zhēn ràng rén gǎndòng! (Dàodá zōnghé wéntǐ zhōngxīn)
蕭會長： 綜合文體中心能惠及多少學生？	*Xiāo huìzhǎng:* Zōnghé wéntǐ zhōngxīn néng huìjí duōshao xuésheng?
尹局長： 當初在選址時就考慮到把中心建在十多所中學的中心，以期在學校文體設施普遍嚴重缺乏的情況下實現多校資源共享。	*Yǐn júzhǎng:* Dāngchū zài xuǎn zhǐ shí jiù kǎolǜdào bǎ zhōngxīn jiàn zài shíduō suǒ zhōngxué de zhōngxīn, yǐqī zài xuéxiào wéntǐ shèshī pǔbiàn yánzhòng quēfá de qíngkuàng xia shíxiàn duō xiào zīyuán gòngxiǎng.
蕭會長： 目前已投入使用的有哪些場館？	*Xiāo huìzhǎng:* Mùqián yǐ tóurù shǐyòng de yǒu nǎxiē chǎngguǎn?
尹局長： 中心主要有體育和文娛兩大功能，為學生提供多元化的室內外體育和文娛設施。體育方面的如籃球場、羽毛球場、排球場、乒乓球桌等都已開放使用了。哦，對了，還建了一個攀登牆，也都已啟用了。文娛方面有琴房、舞蹈室、繪畫室、雕塑室、手工室等，也已全部向學生開放了。至於足球場、游泳池，因為資金缺口⑤比較大，現仍在待建。	*Yǐn júzhǎng:* Zhōngxīn zhǔyào yǒu tǐyù hé wényú liǎng dà gōngnéng, wèi xuésheng tígōng duōyuánhuà de shìnèiwài tǐyù hé wényú shèshī. Tǐyù fāngmiàn de rú lánqiúchǎng、yǔmáoqiúchǎng、páiqiúchǎng、pīngpāngqiúzhuō děng dōu yǐ kāifàng shǐyòng le. ò, duì le, hái jiànle yí gè pāndēng qiáng, yě dōu yǐ qǐyòng le. Wényú fāngmiàn yǒu qínfáng、wǔdǎoshì、huìhuàshì、diāosùshì、shǒugōngshì děng, yě yǐ quánbù xiàng xuésheng kāifàng le. Zhìyú zúqiúchǎng、yóuyǒngchí, yīnwèi zījīn quēkǒu bǐjiào dà, xiàn réng zài dàijiàn.

普通話	漢語拼音
蕭會長： 我們回去後，會把這裏的情況向投資方報告的。	*Xiāo huìzhǎng:* Wǒmen huíqu hòu, huì bǎ zhèli de qíngkuàng xiàng tóuzīfāng bàogào de.
尹局長： 太感謝你們了。	*Yǐn júzhǎng:* Tài gǎnxiè nǐmen le.

註釋：

① "文體"

文娛體育的簡稱。內地有文體專賣店，既售賣體育器材用品，也賣樂器、文具等；"文體中心"、"文體大樓"即類似香港的"文娛中心"、"康樂中心"等。

② "交付使用"

交給 XX 使用。一般指承建方、裝修方把建好和裝修好的建築物交給已付全額或定金的一方使用。

③ "使得"

表示意圖、計劃、事物引起一定的結果。香港話常用"令到"表示，不少香港人説普通話時也用"令到"。上述語境普通話還會説"使"、"導致"等，不説"令到"。

④ "拓寬視野"

香港人會説"擴闊視野"，普通話則説"擴大"、"拓寬"，不説"擴闊"。

⑤ "缺口"

本指物體上缺掉一塊而形成的空隙。"資金缺口"形容資金不足。

2．課文詞語

1. 致謝	zhìxiè	2. 支援	zhīyuán
3. 基金會	jījīnhuì	4. 捐贈	juānzèng
5. 儀式	yíshì	6. 嘉賓	jiābīn
7. 修葺	xiūqì	8. 書刊	shūkān
9. 貧困	pínkùn	10. 擴建	kuòjiàn

11. 逾	yú	12. 受惠	shòuhuì
13. 援手	yuánshǒu	14. 難能可貴	nán néng kě guì
15. 勉勵	miǎnlì	16. 關愛	guān'ài
17. 發奮	fāfèn	18. 感恩	gǎn'ēn
19. 衷心	zhōngxīn	20. 優異	yōuyì
21. 招商引資	zhāo shāng yǐn zī	22. 文體	wéntǐ
23. 開闊	kāikuò	24. 互聯網	hùliánwǎng
25. 心胸	xīnxiōng	26. 拓寬	tuòkuān
27. 微博	wēi bó	28. 博客	bókè
29. 選址	xuǎn zhǐ	30. 惠及	huìjí
31. 文娛	wényú	32. 考慮	kǎolù
33. 攀登	pāndēng	34. 草坪	cǎopíng
35. 啟用	qǐyòng		

3. 補充詞語

體育

	普通話	拼音	普通話	拼音
陸上項目	1. 田徑	tiánjìng	2. 鐵人三項	tiěrén sān xiàng
	3. 拳擊	quánjī	4. 擊劍	jījiàn
	5. 體操	tǐcāo	6. 舉重	jǔzhòng
	7. 柔道	róudào	8. 跆拳道	táiquándào
	9. 馬術	mǎshù	10. 摔跤	shuāijiāo

	普通話	拼音	普通話	拼音
	11. 射擊	shèjī	12. 射箭	shèjiàn
	13. 自行車	zìxíngchē		
水上項目	14. 賽艇	sàitǐng	15. 皮划艇	píhuátǐng
	16. 游泳	yóuyǒng	17. 滑浪風帆	huá làng fēngfān
	18. 水球	shuǐqiú	19. 跳水	tiàoshuǐ
球類項目	20. 羽毛球	yǔmáoqiú	21. 壘球	lěiqiú
	22. 籃球	lánqiú	23. 足球	zúqiú
	24. 手球	shǒuqiú	25. 網球	wǎngqiú
	26. 棒球	bàngqiú	27. 排球	páiqiú
	28. 乒乓球	pīngpāngqiú	29. 曲棍球	qūgùnqiú

	普通話	拼音	普通話	拼音
文娛藝術	30. 繪畫	huìhuà	31. 雕塑	diāosù
	32. 國畫	guóhuà	33. 陶藝	táo yì
	34. 油畫	yóuhuà	35. 攝影	shèyǐng
	36. 水粉畫	shuǐfěnhuà	37. 戲劇	xìjù
	38. 漆畫	qīhuà	39. 喜劇	xǐjù
	40. 版畫	bǎnhuà	41. 話劇	huàjù
娛樂	42. 下棋	xiàqí	43. 麻將	májiàng
	44. 打牌	dǎpái	45. 插花	chāhuā
	46. 踢毽子	tī jiànzi	47. 跳繩	tiàoshéng

樂器	48. 鋼琴	gāngqín	49. 笛子	dízi
	50. 提琴	tíqín	51. 長笛	chángdí
	52. 手風琴	shǒufēngqín	53. 雙簧管	shuānghuángguǎn
	54. 揚琴	yángqín	55. 圓號	yuánhào
	56. 豎琴	shùqín	57. 小號	xiǎohào
	58. 吉他	jítā	59. 嗩吶	suǒnà
	60. 二胡	èrhú	61. 鑼鼓	luógǔ
	62. 琵琶	pípa	63. 弓	gōng
	64. 古箏	gǔzhēng	65. 弦	xián
	66. 簫	xiāo		

4. 語音練習

4.1　成語裏的異讀詞

成語是中國特有的語言表達形式，一般都有來源或典故。因此，對成語中的異讀詞要搞清楚它在成語中所表達的意思，切不可"張冠李戴"。以下各例就是一些異讀詞在不同成語裏的不同讀音，需加以分辨。

1. 否	否極泰來 pǐjítàilái	不置可否 bú zhì kě fǒu
2. 曲	曲徑通幽 qūjìng tōngyōu	曲終人散 qǔzhōngrénsàn
3. 當	當務之急 dāngwù zhī jí	直截了當 zhíjié liǎodàng
4. 冠	勇冠三軍 yǒngguànsānjūn	冠冕堂皇 guānmiǎn tánghuáng
5. 濟	同舟共濟 tóngzhōugòngjì	人才濟濟 réncái jǐjǐ
6. 降	降格以求 jiànggéyǐqiú	降龍伏虎 xiánglóngfúhǔ

7. 禁	百無禁忌 bǎiwú jìnjì	情不自禁 qíng bù zìjīn
8. 惡	惡語傷人 èyǔ shāngrén	好逸惡勞 hàoyì wùláo
9. 累	危如累卵 wēirúlěiluǎn	碩果累累 shuòguǒ léiléi
10. 模	模棱兩可 móléngliǎngkě	裝模作樣 zhuāngmú zuòyàng
11. 強	強弩之末 qiángnǔ zhī mò	強詞奪理 qiǎngcí duólǐ
12. 倒	翻江倒海 fānjiāng dǎohǎi	倒背如流 dào bèi rú liú

練習：給下面的多音字組詞：

曲 qū	_____	曲 qǔ	_____
當 dāng	_____	當 dàng	_____
冠 guān	_____	冠 guàn	_____
降 xiáng	_____	降 jiàng	_____
強 qiáng	_____	強 qiǎng	_____
倒 dào	_____	倒 dǎo	_____
累 lèi	_____	累 lěi	_____
惡 è	_____	惡 wù	_____

4.2 聲母

有些音節粵語聲母是 y 或 ng，但在普通話裏的聲母卻是 n，這是粵語區的人學習普通話特別要留意的，比如：

1. 擬：擬定 nǐdìng	2. 逆：叛逆 pànnì	3. 釀：醞釀 yùnniàng
4. 凝：凝聚 níngjù	5. 孽：罪孽 zuìniè	6. 虐：虐待 nüèdài
7. 瘧：瘧疾 nüèjí	8. 拗：執拗 zhíniù	9. 霓：霓虹燈 níhóngdēng

而一些粵語聲母是 n 的，在普通話裏卻不讀 n，這也是要加以注意的。比如：

1. 瓤：瓜瓤 guāráng	2. 彌：彌漫 mímàn	3. 朽：腐朽 fǔxiǔ
4. 凹：凹凸 āotū	5. 錨：起錨 qǐmáo	6. 餌：魚餌 yú'ěr

4.3　韻母

讀準以下韻母：

粵語韻母是 [iu] → 普通話韻母是 ao

1. 超：超越 chāoyuè	2. 朝：朝氣 zhāoqì	3. 饒：富饒 fùráo
4. 紹：介紹 jièshào	5. 少：少年 shàonián	6. 燒：燃燒 ránshāo
7. 昭：昭明 zhāomíng	8. 招：招手 zhāoshǒu	9. 兆：預兆 yùzhào

粵語韻母是 [yn] → 普通話韻母是 uan（u 開頭的音節寫作 w）

1. 完：完成 wánchéng	2. 婉：婉轉 wǎnzhuǎn	3. 傳：傳播 chuánbō
4. 端：端莊 duānzhuāng	5. 巒：山巒 shānluán	6. 亂：戰亂 zhànluàn
7. 暖：溫暖 wēnnuǎn	8. 軟：軟件 ruǎnjiàn	9. 酸：酸楚 suānchǔ

5. 詞語練習

5.1　普粵成語用詞差異

我們不僅要注意成語中異讀詞的讀音，還要留意普粵成語用詞的差異。同一個意思在香港粵語和普通話成語中有不同的説法，有的差異還很大。比如粵語中的"冬瓜豆腐"，在普通話裏常説"三長兩短"；有些則差異很小，甚至只是一字之差，如粵語説"男女老嫩"，而普通話説"男女老幼"或説"男女老少"等。

	香港粵語常説	普通話常説	普通話拼音
1.	白手興家	白手起家	bái shǒu qǐ jiā
2.	千依百順	百依百順	bǎi yī bǎi shùn
3.	標奇立異	標新立異	biāo xīn lì yì
4.	聯群結隊	成群結隊	chéng qún jié duì

5.	包羅萬有	包羅萬象	bāo luó wàn xiàng
6.	妙想天開	異想天開	yì xiǎng tiān kāi
7.	面不改容	面不改色	miàn bù gǎi sè
8.	男女老嫩	男女老少 (幼)	nán nǚ lǎo shào (yòu)
9.	火上加油	火上澆油	huǒ shàng jiāo yóu
10.	隻手遮天	一手遮天	yì shǒu zhē tiān
11.	三心兩意	三心二意	sān xīn èr yì
12.	成家立室	成家立業	chéng jiā lì yè
13.	坐吃山崩	坐吃山空	zuò chī shān kōng
14.	四分五散	四分五裂	sì fēn wǔ liè
15.	急不及待	迫不及待	pò bù jí dài
16.	得償所願	如願以償	rú yuàn yǐ cháng

5.2　普粵 "各説各"

詞語	粵語常説	普通話常説	類似以下語境，普粵 "各説各"
逼迫	逼	迫	搬進新校舍以前，這些農村孩子都被**迫**在非常簡陋的教室裏上課。
醫治	醫	治	這種因水質問題而引發的病，大夫都説**治**不了。
寬闊	闊	寬	學校大門外新建了一條很**寬**的四車道馬路。
生長	生	長	得知小強腦袋裏**長**了個瘤子，媽媽説得趕緊上醫院治病。
存儲	儲	存	家長要教育孩子不要亂花錢，鼓勵他們把長輩過年給的壓歲錢**存**起來。

練習：

幾個同學一組，用"普粵各説各"中的"普通話常説"詞語各造一個句子，並説出來讓大家聽聽。

迫　　治　　寬　　長　　存

5.3 口語詞"對對碰"

三至五人一組，根據文中內容解釋加點的詞語所表達的意思，並説出這些詞對應粵語哪些詞語：

小對話：

1

甲：你昨兒為啥沒來上課？是泡病假還是泡妞去啦？

乙：你這人就是嘴上沒個把門兒的，説話不着調。我又收到城裏那位阿姨寄來的捐助款了，我在家寫感謝信給她，這比我上課都重要。

甲：你老這樣翹課，到期末又考個大鴨蛋回家，有你好果子吃的。

乙：本以為寫了信就這樣兒了，也不想多打擾她，不成想，那阿姨還打電話給我問長問短的，真讓我感動。我不會辜負她的。

2

甲：你最近忙活甚麼哪？也不見你上博客了，你身體不好，別硬扛着，累倒了可就麻煩了。

乙：香港教育慈善會又捐來一批新電腦，我得趁暑期分派到各所學校，好讓孩子們假期派上用場，所以最近的微博，只能是有一搭沒一搭的了。

6. 説話練習

6.1 主持典禮和致辭語段開頭和段落連接實用詞語：

1. 各位領導、各位來賓、各位朋友，晚上好！現在我宣佈……開始。

課文例句：各位領導、各位來賓、各位朋友，晚上好！香港資助內地教育發展基金會捐款儀式現在開始。

2. 參加今天捐贈儀式的領導有……

課文例句：參加今天捐贈儀式的市領導有：副市長高翔先生、市教育局局長尹曉惠女士。香港方面有：香港資助內地教育發展基金會副會長蕭祥先生、總幹事甘小蓓女士。

3. 現在有請各位領導、各位嘉賓上主席台就坐。

課文例句：現在有請各位領導、各位嘉賓上主席台就坐。

4. 我們沒有忘記，去年這個時候，也是在這個地方，我們……

課文例句：我們沒有忘記，去年這個時候，也是在我們這個有"春城"之稱的美麗城市，在這風景秀麗的翠湖畔，我們接受了……

5. 今天，還是在這裏，你們又再次……

課文例句：今天，還是在這裏，你們又再次向我們伸出援手，帶來多媒體教學設施、圖書、學習用品及捐款，再次把香港同胞對我們的關愛送達這裏。

6. 在此，我謹代表……向你們，並通過你們向……表示衷心的感謝！更期待得到你們更多的支持。

課文例句：在此，我謹代表市教委向你們，並通過你們向熱心為我們西部貧困地區捐款捐物的香港同胞表示衷心的感謝！也期待得到你們更多的支持。

7. 最後，讓我們以熱烈的掌聲，向……表示感謝！

課文例句：最後，讓我們以熱烈的掌聲向基金會的代表們表示衷心的感謝！

結束了假期到清華大學的訪問活動，請用以上致辭開頭和段落連接語代表參觀團向接待方致謝。

6.2 情景説話練習

分組活動練習致辭

1. 中文大學前校長高錕榮獲 2009 年諾貝爾物理學獎，中文大學召開慶功會，請你代表學生會致賀辭。

2. 在 2012"三改四"新學制開始的迎新生會上，請你代表工商管理學院迎新營主辦者向新生致歡迎辭。

3. 在畢業謝師宴上，請你代表醫學院畢業生向到會的老師致謝。

4. 一位教授因移民而離校，你在歡送會上致歡送辭。

單元複習二

1. 介紹和比較

1.1 介紹情況

向別人介紹情況，自己首先要了解和熟悉所介紹內容的全貌和特點，介紹和展現介紹內容的特點、優勢。在介紹時，一般是先介紹總體情況，讓聽眾對所介紹的情況有一個基本輪廓，了解概況。然後再進行分類或專項介紹。如果是對參觀訪問者進行介紹，還可以安排提問環節，並根據聽眾的提問、關注和可能關注的問題，調整介紹的內容，投其所"注"地進行介紹，效果更佳。比如課文中當完成了總體情況和分類情況的介紹後，參觀者提出想了解經濟適用房與普通商品房的區別時，就要適時進行針對性的介紹。

練習：

請分別找出課文總體情況介紹和部分情況介紹。

1.2 比較

比較是對兩項或兩項以上的同類事物進行辨別異同或優劣高下等。首先要確定比較對象的可比性，然後把比較項目列出，逐一進行比較，呈現一種平行並列的述說格局。例如：比較買房好還是租房好。

	買房	租房
支付首付	需要大筆資金	無需
產權	屬於自己的資產	全部投入歸他人所有
裝修	隨心所慾	不能
靈活性	不易搬遷	隨時調整搬遷

維修管理	自行處理	無需考慮
結論：各有利弊，因人而異。		

2. 演講

演講是當眾所進行的一種正規和莊重的講話。

演講的開頭至關重要，因此，演講者要殫精竭慮、全力以赴開好頭。演講的開頭可以是開宗明義的，一開始就亮出自己的觀點，肯定甚麼，否定甚麼，批評甚麼，讚揚甚麼；也可以先幽它一默，詼諧地產生喜劇性的情景誤會，使演講氣氛輕鬆愉快；還可以講故事開頭；或者用提問的方式引起聽眾的注意，這有利於演講者控制氣氛；又或者是引用名人名句開頭，能有效地啟迪人心，振奮精神。

演講的結尾是總結式的，即對整個演講內容做出提綱挈領式的歸納和概括；或是口號式的，通過簡練、振奮人心的詞語讓主題思想昇華，令演講氣氛進入高潮；又可以是祝頌式的，用美好的祝福語表達對觀眾的溫馨關懷和對未來的嚮往。

演講口語的修辭方式：

演講語言應當儘量生動、形象、幽默、風趣。為了使你的演講生動活潑、引人入勝，可運用多種的修辭方式。例如，運用比喻可以把抽象的理論具體化，形象地表達感情；運用排比能增強語勢，使感情激昂奔放，層層深入地表達思想；運用對比能讓聽眾在比較中鑒別真偽，獲得征服聽眾的力量；運用反問，明知故問，寓答案於問句之中，能把意思表達地更加鮮明；巧用擬人，能使無生命的事物人格化。

在聲音方面，演講應當抑揚頓挫，有所變化，以突出重點，表達感情，調動聽眾的情緒。

練習：

1. 請説説課文的演講是怎樣開頭和如何結尾的？

2. 請找出第 5 課演講中使用的修辭方式。

3. 如果請你就大學課堂教學語言問題發表演講，你將會如何開頭？怎樣結尾？

3. 致辭

在公開場合的致辭一般有歡迎、歡送、致賀、致謝等等。

致歡迎辭時要突出"熱情"二字。不論是前來參觀、訪問的來賓，還是新職員加入，在見面之初，致上一篇熱情洋溢的歡迎辭往往必不可少。歡迎辭應包括致辭者的自我介紹，所代表的機構或人員，對被歡迎者的歡迎以及期待之意。

致歡送辭要表現出"誠懇"。歡送辭是對同事離職、來訪者告辭的臨別贈言。要充分表達惜別之意及對友誼的珍視。歡送辭要包括四方面的內容：一是對被歡送者的高度評價；二是對與之相處時光的溫馨回憶；三是表達自己真心誠意的惜別之情；四是對被歡送者的美好祝福。

致賀辭是在他人適逢喜慶之時，在公開場合予以正式的祝賀。

致賀辭的機會很多，新機構成立、開業典禮、周年慶典；同事、同行立功受獎、晉升加薪；結婚、生日、做壽等，都可以致辭祝賀。致辭以"恭喜"為主要內容，自始至終充滿熱烈、愉快、道賀之情，記住加入對受賀者的稱頌、讚揚、肯定的內容，也要適時表達自己的敬重與謝意，更不要忘了對被祝賀者的良好祝福。

致謝要說清楚緣由和受惠情況及感受，比如香港援助內地發展教育基金會向西部地區捐贈教學物資就是課文致辭的緣由；貧困地區學生學會使用電腦上網等就是受惠的情況，學生作文反饋就是受惠者的感受。致謝的結尾除了再次向提供捐助者表示謝意外，還可以表達祝福和期待之意。

練習：

1. 請把第 6 課致謝辭的緣由和意義部分找出來說說。

2. 一位醫學院畢業的學生因發現一種新病毒而獲獎並晉升新職，在學校舉辦的慶功會上，請你代表在校學生致賀辭。

附錄

附錄一 説話項目總表

一、初級説話練習項目總表

1. 在新公司第一天上班，請你向參加歡迎會的各位同事介紹一下你自己。

2. 在中港兩地的交流活動中，把你的同事／領導介紹給接待你們的有關人士。

3. 在熟朋友聚會中，介紹一下你在這個班新認識的一位同學。

4. 班上的同學到你家作客，請介紹你的家人給他們。

5. 電話查詢：

   甲和乙是電話查號台的接線員，需要快速、清楚地回答查詢。以下是一些機構的電話號碼，看誰可以在一定的時間內服務的客人最多。

長沙路上海飯店	Chángshālù Shànghǎi Fàndiàn	69008381
南京路游泳館	Nánjīnglù yóuyǒngguǎn	27659114
旺角快餐廳	Wàngjiǎo Kuàicāntīng	24330954
佐敦酒家	Zuǒdūn Jiǔjiā	35289798
九龍文化中心	Jiǔlóng Wénhuà Zhōngxīn	90583717
尖沙咀圖書公司	Jiānshāzuǐ Túshū Gōngsī	13507893
中環酒店	Zhōnghuán Jiǔdiàn	70564908
金鐘幼兒園	Jīnzhōng Yòuʼéryuán	17626205
灣仔會議中心	Wānzǎi Huìyì Zhōngxīn	35648337
荃灣利達行	Quánwān Lìdáháng	90186745

6. 三人一組，做一段非正式場合的電話對話

> 角色A：打電話找熟人C說說關於一起去打球的事，可是第一次的電話打錯了。
>
> 角色B：正在嘈雜的環境裏，接到一個打錯了的電話，很不耐煩。
>
> 角色C：正想告訴A要更改打球的時間。

7. 電話留言：

兩人一組，一位同學做一段電話留言，提供給朋友有關一起去活動的信息，如見面時間、地點、活動內容（如：看電影、買東西、聽演唱會）等。另一位同學將留言復述一遍。

正式場合的電話對話。

8. 兩一組，做一段較為正式場合的電話對話。作為公司的代表邀請另一個公司的領導人前來參加重要的活動，並擔任嘉賓發言。

9. 請告訴大家從你家（或你工作的地方）到中文大學（或是現在上課的地方）可以怎麼走。

10. 你在尖沙咀地鐵站裏，有幾位內地的遊客拿着地圖問你去海洋公園怎麼走。現在請你告訴他們坐甚麼車，怎麼走。

11. 二人一組，請按照老師提供的資料作一個問路的對話。

12. 請跟班上的同學說說昨天的三餐是在哪裏吃的？吃的是甚麼？

13. 請向下列不同的對象介紹一家你認為值得去的餐廳，並說說值得去的理由。

A　　幾個很想了解粵式飲食文化的內地朋友

B　　幾個很想了解香港是多元化的美食天堂的外國朋友

C　　幾個住在香港又吃膩了廣東菜的朋友

14. 3-4 人一組，請為下列不同的目的打電話叫外賣：

A　　詢問本組的成員午餐或晚餐想吃甚麼，然後打電話叫外賣

B　　與本組的成員商量開生日會想叫的食物，然後打電話定餐

15. 二人一組，根據老師提供的資料做一個邀請朋友參加節慶活動的對話。

16. 請跟班上的同學說一個你覺得過得最有意思的節慶假期。

17. 小組分享，看看各個家庭對傳統節日重視的程度如何。

18. 請向內地來交流訪問的客人們介紹香港人過節的習俗。

19. 二人一組，一人為地產中介，一人為想租房子或者買房子的人，根據老師提供的資料，做一個會話。

20. 請向內地的朋友介紹一下香港一般的居住環境。

21. 請向班上的同學介紹一下你家裏的客廳（或是廚房、臥室）都有些甚麼家俱和電器，怎麼擺能更省地方。

22. 請向內地的朋友說說在香港租房子或買房子都有哪些步驟，都需要注意些甚麼問題。

23. 請向班上同學介紹一個你最喜歡去的購物中心。

24. 請向內地來的朋友介紹買衣服或是電器用品的地方，並說說如果想買檔次不同的貨品應該到甚麼地方去，買的時候需要注意些甚麼。

25. 首先由老師邀請一位學員，請他將他指定的學員名字交給老師，然後讓全體學員輪流提問，來猜出題學員指定的是哪一位，出題學員只可以回答是或者不是。問題可以圍繞那位同學的服飾特徵。

26. 二人一組，根據老師提供的資料作一段買東西的會話。

27. 如果你是推介香港的旅遊大使，請以三分鐘的短講，向外地的客人宣傳“香港是一個購物天堂”。

28. 談談跟團遊和自助遊各有甚麼好和不好的地方。統計小組內喜歡跟團遊的人多還是喜歡自助遊的人多。並向全班作一個簡要報告。

29. 談談去內地的北方旅行坐火車好還是坐飛機好。並統計小組內喜歡坐哪種交通工具的人多。並向全班作一個簡要報告。

30. 談談旺季去旅行好還是淡季去旅行好。並了解小組內各人的意見，向全班作一個簡要報告。

31. 通過對話解決下列情景中的問題

訂機票

> 角色 A：旅行社負責訂機票的職員，想急於辦完事把客人打發走，但不能跟客人吵起來。
>
> 角色 B：前來買機票的客人，比較挑剔，想買到票價等各方面都滿意的票。
>
> 最後客人買了機票，不算最滿意，但結果可以接受。

報旅行團

> 角色 A：旅行社負責報旅行團的職員，極力遊說客人參加某個團，因為人數不夠就不能成團。
>
> 角色 B：沒有很明確的旅行計劃，希望多了解一些資料。
>
> 最後的結果雙方都算滿意。

報失行李

> 角色 A：機場負責行李的職員，了解丟失行李的細節，給客人提供報失用的表格，等等。
>
> 角色 B：等了很久只等到兩件行李中的一件，因為丟失的行李中有比較重要的東西。情緒有些急躁。

二、中級說話練習項目總表

1. 小江是內地大學生，打算到香港來旅遊，她對香港的學校特別感興趣。你是她香港的朋友，為她安排了一個香港校園遊。現在請你介紹一下她要參觀遊覽的這幾所學校有甚麼特色。

2. 張先生趁着來香港旅遊的機會，想替孩子打聽一下申請來香港學習的手續。你是某學校註冊入學組的工作人員，向張先生簡短說明申請入學的資格及相關手續。

3. 張謙是內地人，在香港探親時，遺失了通行証，不知道該如何申請補領，你是旅行社的工作人員，請為他說明補辦證件的相關手續及流程。

4. 姜霞今年 13 歲，是一名中學生。她父母希望姜霞能學好英語，打算送她去外國上學。作為姜霞父母的朋友，你想勸他們不要這麼早就把孩子送到國外學習，請說說你的理由。

5. 姜霞的父母正在考慮送她去外國學習還是來香港學習，他們想聽聽香港朋友的意見。你作為姜霞父母的朋友，請向他們說明去外國學習和來香港學習的優缺點，並為他們推薦幾所學校。

6. 你是一位剛大學畢業，還沒有正式工作經驗的年輕人。你想應徵一份與大學校際交流項目相關的工作，工作職責包括聯繫來訪嘉賓、安排嘉賓食宿、統籌學術交流活動等。由於這份工作需要接觸來自不同地區的學者，現在面試主管要求你用普通話向他們說明自己對這個工作感興趣的原因，以及自己為何是勝任這個職位的最佳人選。

7. 你的朋友嘉恩正在找工作，對於應該申請政府部門的工作還是在私人機構工作，她有些拿不定主意，想聽聽你的意見。請你說說在政府部門和在私人機構工作各有甚麼好處和壞處。

8. 你想找一個朋友跟你合夥開一家小吃店，你已經有一個初步的計劃，現在請向你的朋友介紹和說明你的計劃，並且遊說他與你合作。

9. 惠娟向三個朋友遊說，希望他們當中有一個人願意辭去現在的工作跟她合夥開一家珍珠奶茶店，他們各出一半的資金。三個朋友都因為不同的理由而拒絕了邀請，現在請你作為慧娟的朋友向她說明拒絕的理由。

    9.1   說明不想當老闆的理由

    9.2   說明不想辭職的理由

    9.3   不想開珍珠奶茶店的理由

10. 你是一個典型的月光族，現在你遇到一個緊急情況，需要向朋友借錢渡過難關，你必須讓朋友相信在一段時間之後，你有能力還錢，請想想該怎麼說，朋友才願意把錢借給你。

11. 你的朋友打算在一年之後生孩子，他想擬定一個儲蓄計劃，請你提供一點意見。請從生孩子、養孩子和孩子的教育這幾個方面來談一談。

12. 你的朋友已經退休了，現在打算將大部分的儲蓄投資在股票上，你認為這是非常不明智的做法，請你向他説明這麼做可能會遇到的風險，並且給他一點理財的建議。

13. 你的朋友有五張信用卡，每個月都付不清卡債，經常入不敷出。現在他向你求助，請你先了解一下他申請五張信用卡的原因，使用信用卡的習慣，然後給他一點建議。

14. 你有一位內地朋友愛好收藏，他希望把自己的興趣轉變為投資。請你給他幾個建議，比方説，藝術品、錢幣、郵票、精品、茶葉、紅酒等等，並且説明將收藏品變為投資需要注意的幾個方面。

15. 你是一個機構或組織的職員或代表，現在要向一位説普通話的查詢者介紹和説明

    15.1   你的機構或組織包含哪些項目或活動

    15.2   申請或加入你的機構或組織的相關事宜

16. 你是一個公司或部門的職員，現在要向一位説普通話的參觀者或者新來的同事介紹和説明

    16.1   辦公室設施和環境

    16.2   公司或部門同事

    16.3   公司或部門主要任務或者注意事項

17. 你有一位來自外地的説普通話的朋友，目前在香港工作，他想多了解一點兒在香港上中學的情況，以便安排孩子的中學教育。請就你所知，為他介紹和説明一下

    17.1   中學的種類

    17.2   升讀中學的辦法

    17.3   自己讀中學的經驗

18. 你有一位説普通話的朋友剛到香港，還不太熟悉環境，他向你打聽一些關於日常生活上的事情，比如：他請你推薦專科醫師、中醫師、物理治療師、髮型師、裝修師傅；推薦醫院、銀行、商店、房地產中介公司、旅行社或者自己常去的市場、超市、飯館兒等等。請就你所知為他提供所需資料，並且説明推介的原因。

19. 你的一位內地朋友，剛到香港來工作，他打算兩年後回內地結婚，他希望在港工作的這段時間裏能節省一點錢，因此他想多了解一點兒在香港生活的花費。請就你所知，為他介紹幾種可行的省錢辦法。

20. 請預設五個在求職面試時會碰到的問題，然後嘗試用舉例說明的方式來回答。比方說，在求學或者是工作中遇到過的最大挑戰是甚麼？與同學或同事發生衝突時怎麼處理？找工作時最看重的是哪幾個方面？了實現自己的目標，你會怎麼努力？你的朋友怎麼評價你？

21. 你的朋友即將從中國北方移居香港，她想多了解一些香港的生活，請你從氣候、居住環境、規章制度、飲食習慣、休閒活動和節日習俗等六個方面給她介紹一下香港。

22. 你有一位説普通話的朋友對於香港保留的一些古老的傳統習俗，比如“拜神”、“打小人”等等很感興趣。請你説明一下其中一種儀式的過程，以及儀式的意義。

23. 你有一位説普通話的朋友發現香港有一些獨特的語言現象，比如把曆書叫做“通勝”，把空屋叫做“吉屋”，請你為他介紹一下這些名稱的意思，再舉幾個類似的例子來説明，並分析一下這種現象的原因。

24. 你有一位説普通話的朋友認為香港電影誇張搞笑，不能反映香港的現實情況，你卻不同意，請你向你的朋友介紹一兩部最能反映香港現況，代表香港文化的電影，並且説明原因。

25. 一個內地遊客買了一個電子產品，但他認為自己受騙了，向消費者委員會投訴。你是消費者委員會的接待人員，請你先了解情況，然後協助他解決問題。

26. 你的內地朋友想在香港購買電子產品。請你給他介紹幾個購買電子產品的熱門地點，並且提醒他在購買時需注意的事項。

27. 你的一位説普通話的朋友很擔心孩子在網上接觸不良的信息，所以經常限制孩子使用網絡，引起不少家庭衝突。請你給他一、兩個建議。

28. 在現代社會，日常生活中的許多事物都可以在網上辦理，但是你有一位上了年紀的説普通話的朋友既不願意用電腦，又抗拒使用網絡，認為在網絡上辦事是非常不安全的。現在請你為他分析一下學習使用電腦的重要性，以及利用網絡辦事的好處，勸他嘗試在生活中使用電腦和網絡。

29. 你的上司正在為公司裏的一些行政事務煩惱，請你向你的上司建議改變傳統的辦公室模式，你需要説明辦公室自動化的意思，並且分析一下自動化所帶來的優點和挑戰。

30. 你有一位從外地來的中國朋友想通過媒體的報導，多了解香港的情況，請你給他介紹一個你認為具公信力的媒體，並説明理由。

31. 你的一位説普通話的朋友想知道你平時會注意哪一類的新聞，對於自己感興趣的新聞會通過哪些媒體作更深入的了解，為甚麼？

32. 你有一位說普通話的朋友對於網絡上的信息半信半疑，而另外一位朋友則認為在網絡上的信息才是沒有經過過濾，值得信賴的，他們想知道你的看法。

33. 你的內地朋友和台灣朋友想知道你是否看過內地和台灣的電視新聞報道，他們想知道香港的電視新聞報道和內地以及台灣的有甚麼不同，各有甚麼特點？

34. 你有一位說普通話的朋友對於香港的商品廣告和公益廣告都很感興趣，請你說說哪些廣告給你留下深刻的印象，以及能讓你留下印象的原因。

35. 你有一位說普通話的朋友在消費時，經常受廣告的影響，你認為這樣做並不明智，請說說你的看法。

36. 請選擇一個你認為值得關注的社會現象，比方說：大眾傳媒對社會偏見形成 / 對社會文化對大眾生活方式的影響；電視廣告 / 商品廣告對社會價值觀念的影響。

　　36.1　　描述這種社會現象的特點

　　36.2　　分析這種社會現象出現的原因

　　36.3　　指出這種現象帶來的影響

37. 你的一位說普通話的朋友買了一部智能手機送給年邁的父母，但是老人家拒絕使用，還批評你的朋友亂花錢，你的朋友感到很無奈，跟你發發牢騷。現在請你為朋友分析一下老人拒用的原因，並提出建議。

　　37.1　　分析一下老人抗拒新事物的原因

　　37.2　　建議如何向老人家說明這種新科技會為他們帶來的好處

38. 你的一位說普通話的朋友有一個四歲大的孩子，你們聊天時說到孩子的教育問題，她正在考慮該不該送孩子上補習班，所以問起你的意見來了。請你為朋友介紹一下補習的形式，分析一下盛行的原因，並說說你的看法。

39. 你的一位說普通話的朋友有一位比他小七歲的弟弟，他的弟弟學習成績良好，但是開始工作後頻頻跳槽，大學畢業五年至今也找不到一份讓他願意全心投入的工作，因此他很替弟弟擔心。現在他請你跟他的弟弟談談，希望能幫助他找到一個適合自己的職業。請你為朋友的弟弟分析一下一般轉換工作的原因和優缺點，並做出可行的建議。

40. 你有一位說普通話的朋友向你訴苦，他在工作上十分積極，很想爭取表現，一上任就有諸多改革，結果卻適得其反。請你為他分析一下失敗的原因，並提出建議。

41. 你有一位說普通話的朋友剛移民到香港來，她感受到語言障礙，生活習慣、價值觀念、社會規範的差異，同時被就業困難等問題所困擾。請你為她分析移民來港的得與失，並提出建議。

三、高級說話練習項目總表

第一課

語言功能：訪談 闡釋

1. 有關部門不顧居民的反對，堅持在某社區附近建立垃圾焚燒站，請對堅持在這個地區設垃圾焚燒站的做法發表意見。

2. 在一個社區舉辦的關於如何看待"啃老族"現象的討論會上，請就年輕人畢業後仍在家裏依賴父母而生活 這一現象發表意見。

3. 有人撰稿發表意見，認為發展香港旅遊業必定會加速對環境的破壞，請就這一觀點發表您的意見。

第二課

語言功能：辯論 反駁

1. 在一個公開論壇上，有人認為大學畢業生素質不斷下降，但你認為這並不符合事實。作為 90 後大學生，請你就這一問題發表意見進行反駁。

2. 在一個公開論壇上，有人說香港回歸後沒有新聞自由了。但是你認為這種說法並不符合實際情況。作為一個生活在香港多年的市民，現在請你發言反駁香港現在沒有新聞自由的論點。

3. 在大學舉辦的關於香港大學生北上內地就業是否有優勢的研討會上，有同學認為，香港大學生北上就業有優勢，但是你不同意這個看法，你作為一个土生土长的香港學生，請發言反駁這個觀點。

第三課

語言功能：介紹 建議

1.　說說自己居住所在區域的治安狀況。

2.　就以下話題説説你的建議：

　　2.1　你和幾個年輕朋友談到，中學生或大學生找暑期工弄不好會遇到陷阱而受騙。作為他們的朋友，請説説你對年輕的學生找暑期工防止受騙有哪些方面的建議。

　　2.2　請你與一個內地生或海外交換生介紹一下香港治安方面還有哪些"陷阱"，比如美容院、補習社、街頭祈福等，並且給他（她）提一些建議，提醒要注意哪些事情。

單元練習一

1.　請用總分式的表達方式就以下問題闡述你的觀點。

　　1.1　應否給予性工作者合法地位的問題。

　　1.2　關於對"人定勝天"這一觀點的看法。

　　1.3　香港回歸後英文地位問題。

2.　試用以上反駁技巧對下列問題進行反駁：

　　2.1　香港回歸後英文地位下降。

　　2.2　港人非婚生子女不應有居港權。

　　2.3　醫院應接納內地孕婦來港產子。

3.　以香港治安的一個"陷阱"為例，向你一個從內地來的親戚或朋友提幾個防範的建議。

第四課

語言功能：説明 比較

1.　請參考下圖提供的資料，向一個內地來的參觀團介紹香港牛頭角下邨的重建規劃。

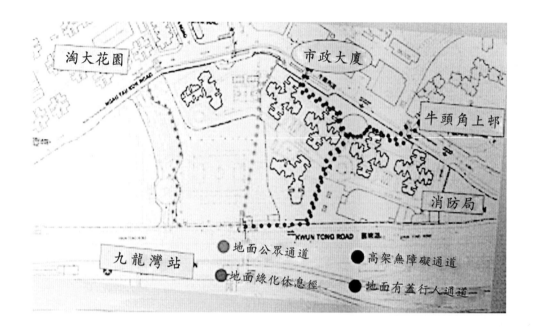

2. 你班上的一個內地生問起香港私人樓宇、居屋和公屋這三類住房，請你們三個
    同學分別向這位內地生作一個說明。

3. 參照內地經濟適用房與普通商品房的區別，向你的一個從內地來的親戚比較一
    下香港私人樓宇與內地普通商品房的不同。

4. 在一個新聞發佈會上，有人問到香港推出的"置安心"計劃與內地"安居工程"
    孰優孰劣，你作為香港房屋署官員，請向提問者做一個比較。

第五課

語言功能：演講

1. 談談青少年未婚先孕問題。

2. 請就以下話題，發表演講。

    2.1   你作為香港的 90 後青年，請你說說你是如何評價香港 90 後青年的。

    2.2   作為一名大學生，請你發表對"非主流"現象的看法。

3. 香港是否應仿效某些國家推行"全民退休金"制度，是近來熱議的話題，你還有幾年退休了，請從歷史和現實的角度，就香港是否應該在短期內推行全民退休金制度這一議題發表演講。

第六課

語言功能：致辭

1. 中文大學前校長高錕榮獲 2009 年諾貝爾物理學獎，中文大學召開慶功會，請你代表學生會致賀辭。

2. 在 2012 "三改四" 新學制開始的迎新生會上，請你代表工商管理學院迎新營主辦者向新生致歡迎辭。

3. 在畢業謝師宴上，請你代表醫學院畢業生向到會的老師致謝。

4. 一位教授因移民而離校，你在歡送會上致歡送辭。

單元練習二

1. 一位醫學院畢業的學生因發現一種新病毒而獲獎並晉升新職，在學校舉辦的慶功會上，請你代表在校學生致賀辭。

附錄二 詞語總表

一、初級詞語總表

課號	序號	詞語	拼音
A			
8	12	熬夜	áoyè
B			
4	1	幫忙	bāngmáng
1	7	辦公桌	bàngōngzhuō
7	13	包括	bāokuò
7	19	保險	bǎoxiǎn
7	21	報銷	bàoxiāo
7	23	保障	bǎozhàng
6	6	保證	bǎozhèng
3	3	別客氣	bié kèqi
8	17	病毒	bìngdú
8	15	病症	bìngzhèng
3	22	必須	bìxū
8	18	補充	bǔchōng
6	3	佈置	bùzhì
C			
4	10	菜單	càidān
6	5	參觀	cānguān
6	14	場合	chǎnghé
8	38	常識	chángshí
7	26	嘗試	chángshì
4	15	炒	chǎo
8	29	徹底	chèdǐ
3	19	車輛	chēliàng
3	15	乘客	chéngkè
6	19	尺寸	chǐcùn
8	34	抽空兒	chōukòngr
3	6	穿過	chuānguò
8	22	出差	chūchāi
7	6	除了	chúle

課號	序號	詞語	拼音
8	44	脆弱	cuìruò
2	6	錯	cuò
D			
8	20	打點滴	dǎ diǎndī
6	17	大概	dàgài
3	2	倒車	dàochē
7	14	導遊	dǎoyóu
2	5	大聲	dàshēng
6	22	大型	dàxíng
6	17	打折	dǎzhé
4	14	點菜	diǎncài
6	25	電器	diànqì
3	9	地鐵	dìtiě
8	39	鍛鍊	duànliàn
2	1	對不起	duì bu qǐ
E			
1	22	兒子	érzi
F			
1	14	方便	fāngbiàn
5	2	煩惱	fánnǎo
5	28	反映	fǎnyìng
7	4	反應	fǎnyìng
6	2	發現	fāxiàn
8	11	發炎	fāyán
2	9	發展部	fāzhànbù
6	8	風靡	fēngmǐ
8	46	分享	fēnxiǎng
5	12	夫婦	fūfù
3	16	服務	fúwù
4	19	服務員	fúwùyuán

課號	序號	詞語	拼音
8	1	覆診	fùzhěn
G			
5	30	改善	gǎishàn
4	8	甘	gān
4	25	乾淨	gānjìng
8	14	感冒	gǎnmào
8	23	乾燥	gānzào
1	9	告訴	gàosu
3	23	格外	géwài
2	14	公司	gōngsī
1	15	工作	gōngzuò
4	18	夠	gòu
3	7	拐	guǎi
4	7	慣	guàn
4	6	廣場	guǎngchǎng
5	27	管理	guǎnlǐ
2	11	貴姓	guì xìng
5	18	規劃	guīhuà
8	40	規律	guīlù
H			
1	18	孩子	háizi
7	17	航空	hángkōng
2	7	號碼	hàomǎ
7	24	核對	héduì
6	4	合適	héshì
5	25	環境	huánjìng
1	6	歡迎	huānyíng
6	24	化妝	huàzhuāng
4	16	葷菜	hūncài
8	4	渾身	húnshēn
J			
5	10	擠	jǐ
1	3	叫	jiào
7	8	交流	jiāoliú
3	8	交通	jiāotōng
3	18	街道	jiēdào

課號	序號	詞語	拼音
8	47	借鑒	jièjiàn
1	25	介紹	jièshào
8	27	解釋	jiěshì
7	27	計劃	jìhuà
8	13	季節	jìjié
1	4	經理	jīnglǐ
2	10	經理室	jīnglǐshì
8	33	精神	jīngshen
7	12	紀念	jìniàn
8	7	肌肉	jīròu
2	16	急事	jíshì
7	25	究竟	jiūjìng
5	13	絕對	juéduì
8	45	訣竅	juéqiào
8	41	均衡	jūnhéng
K			
4	4	咖啡	kāfēi
5	15	考慮	kǎolù
7	11	科技	kējì
8	9	咳嗽	késou
4	22	恐怕	kǒngpà
8	42	控制	kòngzhì
8	30	垮	kuǎ
6	12	款式	kuǎnshì
L			
4	13	辣	là
2	17	勞駕	láojià
8	21	臉色	liǎnsè
8	2	聯繫	liánxì
7	1	練習	liànxí
7	2	了解	liǎojiě
8	10	厲害	lìhai
3	14	靈活	línghuó
5	6	鄰居	línjū
6	7	流行	liúxíng
3	10	輪渡	lúndù

課號	序號	詞語	拼音	課號	序號	詞語	拼音
1	20	旅遊	lǚyóu	1	21	攝影	shèyǐng
M				2	8	試	shì
1	10	麻煩	máfan	6	21	世界	shìjiè
6	26	賣點	màidiǎn	5	24	市民	shìmín
5	3	忙亂	mángluàn	4	27	食品	shípǐn
4	21	滿足	mǎnzú	5	7	實用	shíyòng
4	29	免費	miǎnfèi	3	11	收費	shōufèi
1	5	秘書	mìshū	5	4	收拾	shōushi
N				8	5	舒服	shūfu
4	5	奶茶	nǎichá	8	16	舒緩	shūhuǎn
8	26	耐心	nàixīn	8	36	睡眠	shuìmián
1	19	女兒	nǚ'ér	7	3	暑期	shǔqī
P				3	17	熟悉	shúxī
7	20	賠償	péicháng	4	26	斯文	sīwén
5	16	碰	pèng	4	12	酸	suān
1	11	朋友	péngyou	4	11	隨便	suíbiàn
8	8	噴嚏	pēntì	7	16	隨時	suíshí
3	12	便宜	piányi	T			
Q				6	16	特價	tèjià
1	17	巧	qiǎo	6	27	特色	tèsè
2	4	清楚	qīngchu	4	17	甜點	tiándiǎn
1	1	請問	qǐngwèn	3	1	天橋	tiānqiáo
8	43	情緒	qíngxù	8	31	體會	tǐhuì
5	20	齊全	qíquán	1	13	挺	tǐng
R				2	3	聽	tīng
4	3	熱狗	règǒu	8	3	體重	tǐzhòng
6	28	認為	rènwéi	5	1	投機	tóujī
S				6	13	投訴	tóusù
8	6	嗓子	sǎngzi	7	10	突出	tūchū
5	8	傷腦筋	shāng nǎojīn	4	28	推廣	tuīguǎng
5	17	商量	shāngliang	4	24	推薦	tuījiàn
6	15	設計	shèjì	2	13	圖書	túshū
5	14	省	shěng	W			
6	23	甚至	shènzhì	1	24	衛生署	Wèishēngshǔ
5	21	社區	shèqū	3	21	外地	wàidì
5	19	設施	shèshī	4	2	外賣	wàimài

課號	序號	詞語	拼音
7	18	旺季	wàngjì
5	26	衛生	wèishēng
3	24	危險	wēixiǎn
2	12	文化	wénhuà
X			
5	9	顯得	xiǎnde
7	9	項目	xiàngmù
7	22	詳細	xiángxì
6	9	現象	xiànxiàng
8	28	顯著	xiǎnzhù
6	10	消費者	xiāofèizhě
6	18	效果	xiàoguǒ
5	5	孝順	xiàoshùn
8	24	習慣	xíguàn
1	12	喜歡	xǐhuan
4	9	喜酒	xǐjiǔ
1	2	姓	xìng
7	5	行程	xíngchéng
6	1	興趣	xìngqù
3	20	行駛	xíngshǐ
8	35	休息	xiūxi
6	20	袖子	xiùzi
8	25	細心	xìxīn
6	11	選擇	xuǎnzé

課號	序號	詞語	拼音
1	8	需要	xūyào
Y			
8	19	藥水	yàoshuǐ
2	15	營業員	yíngyèyuán
8	37	飲食	yǐnshí
1	16	醫院	yīyuàn
1	23	幼兒園	yòu'éryuán
3	13	有軌電車	yǒuguǐ diànchē
Z			
8	32	雜誌	zázhì
2	2	找	zhǎo
5	29	爭取	zhēngqǔ
5	23	診所	zhěnsuǒ
4	30	值	zhí
3	4	知道	zhīdao
7	28	知識	zhīshi
4	20	眾口難調	zhòng kǒu nán tiáo
2	18	轉告	zhuǎngào
7	7	著名	zhùmíng
5	22	住宅	zhùzhái
7	15	資料	zīliào
5	11	自然	zìrán
4	23	自助餐	zìzhùcān

二、中級詞語總表

課號	序號	詞語	拼音
B			
5	39	擺佈	bǎibù
1	5	百分之	bǎifēnzhī
2	44	包裝	bāozhuāng
1	37	保留	bǎoliú
6	15	曝光率	bàoguānglù
4	7	畢竟	bìjìng
3	35	避免	bìmiǎn

課號	序號	詞語	拼音
6	22	編排	biānpái
3	13	貶值	biǎnzhí
4	29	癟	biě
4	38	濱海	bīnhǎi
5	35	撥	bō
6	28	捕捉	bǔzhuō
5	21	部門	bùmén

課號	序號	詞語	拼音
2	46	步驟	bùzhòu
C			
4	22	猜謎	cāimí
3	15	財政	cáizhèng
2	43	採購	cǎigòu
2	41	操作	cāozuò
4	42	纏	chán
3	40	徹底	chèdǐ
3	48	承受	chéngshòu
6	36	呈現	chéngxiàn
1	24	程序	chéngxù
2	26	憧憬	chōngjǐng
4	31	出行	chūxíng
5	7	觸碰	chùpèng
2	19	創業	chuàngyè
3	23	純粹	chúncuì
6	45	粗糙	cūcāo
3	10	存款	cúnkuǎn
3	28	促銷	cùxiāo
D			
5	14	大勢所趨	dàshì-suǒqū
1	2	單純	dānchún
1	46	砥礪	dǐlì
4	36	地形	dìxíng
3	7	典型	diǎnxíng
4	32	墊底	diàndǐ
4	20	刁難	diāonàn
1	44	雕塑	diāosù
6	38	盯梢	dīngshāo
2	27	定型	dìngxíng
4	44	兜售	dōushòu
1	39	督促	dūcù
1	3	獨立	dúlì
3	46	賭博	dǔbó

課號	序號	詞語	拼音
E			
5	9	摁	èn
F			
2	22	發愁	fāchóu
5	37	發憷	fāchù
6	30	發行量	fāxíngliàng
6	48	防止	fángzhǐ
3	24	房租	fángzū
5	13	繁瑣	fánsuǒ
6	13	緋聞	fēiwén
1	20	輔導處	fǔdǎochù
5	32	負荷	fùhè
G			
3	18	概念	gàiniàn
2	28	乾脆	gāncuì
4	21	各出奇謀	gèchū-qímóu
3	47	工具	gōngjù
3	19	工資	gōngzī
1	36	觀察	guānchá
2	47	關鍵	guānjiàn
2	9	規模	guīmó
1	8	規章制度	guīzhāng zhìdù
4	25	跪	guì
2	13	過程	guòchéng
1	11	國際	guójì
H			
6	6	含糊	hánhu
1	4	呵護	hēhù
2	37	合夥	héhuǒ
5	33	轟炸	hōngzhà
2	24	後悔	hòuhuǐ
6	34	嘩眾取寵	huázhòng-qǔchǒng
3	27	伙食	huǒshí
3	4	豁達	huòdá

課號	序號	詞語	拼音
2	11	獲得	huòdé
1	38	豁然	huòrán
J			
6	14	基層	jīcéng
2	35	激烈	jīliè
2	10	積極	jījí
3	37	基金	jījīn
2	8	積累	jīlěi
3	43	集合	jíhé
5	42	伎倆	jìliǎng
2	16	技巧	jìqiǎo
3	20	記賬	jìzhàng
6	3	記者	jìzhě
2	32	堅持	jiānchí
6	5	監督	jiāndū
4	9	兼顧	jiāngù
3	29	減價	jiǎnjià
2	49	簡歷	jiǎnlì
5	15	簡省	jiǎnshěng
5	8	鍵盤	jiànpán
4	16	講究	jiǎngjiu
4	37	郊野	jiāoyě
4	1	郊區	jiāoqū
1	26	繳付	jiǎofù
5	3	角落	jiǎoluò
5	27	繳稅	jiǎoshuì
3	38	階段	jiēduàn
3	21	節約	jiéyuē
3	41	節制	jiézhì
4	33	精心	jīngxīn
1	32	津貼	jīntiē
1	23	儘管	jǐnguǎn
6	39	敬畏	jìngwèi
2	6	競爭力	jìngzhēnglì
4	28	敬茶	jìng chá

課號	序號	詞語	拼音
6	40	糾纏	jiūchán
5	40	糾紛	jiūfēn
1	6	居民	jūmín
1	43	侷促	júcù
3	42	具備	jùbèi
3	25	聚會	jùhuì
2	55	具體	jùtǐ
3	16	覺悟	juéwù
2	20	抉擇	juézé
K			
4	15	開眼界	kāi yǎnjiè
1	9	開闊	kāikuò
3	22	開銷	kāixiāo
3	33	抗拒	kàngjù
1	19	考察	kǎochá
6	43	苛刻	kēkè
1	13	課程	kèchéng
6	18	客觀	kèguān
3	30	口袋	kǒudai
2	34	會計師	kuàijìshī
1	35	寬裕	kuānyù
6	42	窺探	kuītàn
L			
3	9	利率	lìlǜ
5	23	例外	lìwài
5	11	領域	lǐngyù
1	27	錄取	lùqǔ
M			
4	8	忙碌	mánglù
5	34	埋怨	mányuàn
6	49	磨煉	móliàn
5	12	模式	móshì
N			
2	54	耐煩	nàifán
6	31	凝聚	níngjù

課號	序號	詞語	拼音
4	18	農村	nóngcūn
6	2	弄虛作假	nòngxū-zuòjiǎ
O			
3	26	偶爾	ǒu'ěr
P			
1	41	拍攝	pāishè
5	24	排隊	páiduì
2	50	滂沱大雨	pāngtuó-dàyǔ
2	1	徬徨	pánghuáng
5	30	疲勞	píláo
5	38	偏離	piānlí
6	29	頻道	píndào
5	6	屏幕	píngmù
Q			
4	45	祈禱	qídǎo
2	12	器重	qìzhòng
2	17	前途	qiántú
6	46	譴責	qiǎnzé
2	14	欠缺	qiànquē
1	48	切磋	qiēcuō
6	9	竊聽	qiètīng
6	21	侵犯	qīnfàn
3	12	侵蝕	qīnshí
2	48	輕舉妄動	qīngjǔ-wàngdòng
4	13	渠道	qúdào
2	42	取經	qǔjīng
1	34	取消	qǔxiāo
1	30	全額	quán'é
5	28	全天候	quántiānhòu
4	30	權威	quánwēi
6	12	群體	qúntǐ
R			
5	41	惹	rě
4	17	忍不住	rěn bu zhù
6	17	人肉搜索	rénròu sōusuǒ

課號	序號	詞語	拼音
6	11	容忍	róngrěn
2	23	如願以償	rúyuàn-yǐcháng
4	14	入鄉隨俗	rùxiāng-suísú
5	2	軟件	ruǎnjiàn
6	47	銳氣	ruìqì
6	23	弱勢	ruòshì
S			
6	35	散播	sànbō
1	29	喪失	sàngshī
2	56	嗓子眼兒	sǎngziyǎnr
4	41	騷擾	sāorǎo
5	43	掃興	sǎoxìng
6	37	煽動	shāndòng
2	30	上軌道	shàng guǐdào
5	45	上鈎	shànggōu
1	12	商業	shāngyè
6	16	深層	shēncéng
1	17	申請	shēnqǐng
1	18	深入	shēnrù
5	1	滲透	shèntòu
1	28	慎重	shènzhòng
1	14	設置	shèzhì
5	10	時代	shídài
1	47	石階	shíjiē
5	18	視像	shìxiàng
1	10	視野	shìyě
1	7	適應	shìyìng
2	25	始終	shǐzhōng
1	15	師資	shīzī
3	3	收入	shōurù
6	24	收視率	shōushìlǜ
1	16	手續	shǒuxù
3	34	守着	shǒuzhe
5	4	手指	shǒuzhǐ
1	2	暑假	shǔjià

課號	序號	詞語	拼音
2	7	碩士	shuòshì
4	4	輸入	shūrù
6	10	思考	sīkǎo
5	36	搜集	sōují
5	1	隨着	suízhe
T			
2	52	忐忑	tǎntè
2	53	攤位	tānwèi
2	38	踏實	tāshi
6	32	添油加醋	tiānyóu-jiācù
2	18	跳槽	tiàocáo
2	5	提升	tíshēng
3	11	通脹	tōngzhàng
4	11	頭疼	tóuténg
3	36	投資	tóuzī
4	6	團聚	tuánjù
3	8	退休	tuìxiū
4	40	妥善	tuǒshàn
6	25	拓展	tuòzhǎn
W			
6	8	挖掘	wājué
5	29	外洩	wàixiè
4	2	外資	wàizī
4	35	蜿蜒	wānyán
6	27	委屈	wěiqu
3	17	未雨綢繆	wèiyǔ-chóumóu
2	31	未知數	wèizhīshù
3	2	穩定	wěndìng
2	4	文憑	wénpíng
4	23	溫馨	wēnxīn
3	44	無償勞動	wúcháng láodòng
6	19	無所遁形	wúsuǒ-dùnxíng
X			
6	7	限制	xiànzhì
5	19	項目	xiàngmù

課號	序號	詞語	拼音
4	19	嚮往	xiàngwǎng
2	36	想像	xiǎngxiàng
4	27	象徵	xiàngzhēng
5	20	消耗	xiāohào
3	5	瀟灑	xiāosǎ
4	3	銷售	xiāoshòu
4	12	信息	xìnxī
5	46	型號	xínghào
2	39	雄厚	xiónghòu
6	20	選材	xuǎncái
2	45	宣傳	xuānchuán
6	33	虛擬	xūnǐ
5	22	循序漸進	xúnxù-jiànjìn
Y			
1	1	眼界	yǎnjiè
6	41	嚴謹	yánjǐn
4	26	遺憾	yíhàn
6	44	隱私	yǐnsī
1	42	隱蔽	yǐnbì
5	5	硬件	yìngjiàn
5	31	應接不暇	yìngjiēbùxiá
5	25	用不着	yòng bu zháo
4	43	傭工	yōnggōng
1	40	擁擠	yōngjǐ
3	31	優惠券	yōuhuìquàn
3	32	誘惑	yòuhuò
3	14	憂慮	yōulù
1	31	優異	yōuyì
5	44	遊戲	yóuxì
6	4	輿論	yúlùn
2	15	圓滑	yuánhuá
Z			
6	1	雜誌	zázhì
3	6	攢錢	zǎnqián
3	49	贊成	zànchéng

課號	序號	詞語	拼音
2	29	暫時	zànshí
1	45	造型	zàoxíng
4	24	增添	zēngtiān
3	45	債券	zhàiquàn
5	26	掌握	zhǎngwò
2	51	招聘	zhāopìn
4	28	斟茶	zhēn chá
4	34	爭先恐後	zhēngxiān-kǒnghòu
2	3	掙扎	zhēngzhá
6	26	政治行政	zhèngzhì xíngzhèng
2	2	職場	zhíchǎng
2	21	指點迷津	zhǐdiǎn míjīn

課號	序號	詞語	拼音
1	25	直接	zhíjiē
5	16	執行	zhíxíng
4	10	制度	zhìdù
4	39	秩序	zhìxù
1	22	志願	zhìyuàn
3	1	中產	zhōngchǎn
3	39	周詳	zhōuxiáng
1	33	住宿	zhùsù
4	5	專才	zhuāncái
2	33	專業	zhuānyè
2	40	資本	zīběn
5	2	資訊	zīxùn
5	17	阻隔	zǔgé

三、高級詞語總表

課號	序號	詞語	拼音
		A	
3	7	案例	ànlì
		B	
3	5	邊境	biānjìng
5	16	標籤	biāoqiān
1	19	瀕臨滅絕	bīnlín mièjué
5	25	摒棄	bìngqì
6	28	博客	bókè
3	28	不翼而飛	búyì 'ér fēi
4	12	補貼	bǔtiē
		C	
1	30	參與	cānyù
6	34	草坪	cǎopíng
4	23	拆遷戶	chāiqiānhù
5	15	沉溺	chénnì
2	17	陳述	chénshù
3	20	趁機	chènjī
1	32	承諾	chéngnuò

課號	序號	詞語	拼音
2	2	成效	chéngxiào
2	11	承載	chéngzài
5	18	充斥	chōngchì
4	30	處置	chǔzhì
2	12	傳承	chuánchéng
		D	
1	6	大氣環境	dàqì huánjìng
3	29	歹徒	dǎitú
3	11	盜竊	dàoqiè
1	28	低估	dīgū
1	1	低碳	dī tàn
2	14	盯着	dīngzhe
3	1	督察	dūchá
1	10	多樣化	duōyànghuà
5	30	墮落	duòluò
		E	
1	12	惡劣	èliè
5	33	扼殺	èshā

課號	序號	詞語	拼音
1	29	遏制	èzhì
F			
3	10	發案率	fā'àn lǜ
6	17	發奮	fāfèn
5	13	煩惱	fánnǎo
5	29	反叛	fǎnpàn
4	8	房管局	Fángguǎnjú
5	14	放縱	fàngzòng
1	27	幅度	fúdù
G			
6	18	感恩	gǎn'ēn
4	21	供應	gōngyìng
3	22	勾當	gòudàng
4	2	購房	gòu fang
3	13	顧問	gùwèn
6	16	關愛	guān'ài
3	3	管制	guǎnzhì
4	4	規劃	guīhuà
4	7	國土資源	guótǔ zīyuán
H			
1	14	洪水泛濫	hóngshuǐ fànlàn
6	24	互聯網	hùliánwǎng
4	28	劃撥	huàbō
3	18	謊稱	huǎngchēng
1	17	毀於一旦	huǐyúyídàn
6	30	惠及	huìjí
5	6	婚姻	hūnyīn
J			
4	9	機關	jīguān
6	3	基金會	jījīnhuì
4	24	集資	jízī
6	6	嘉賓	jiābīn
3	17	假鈔	jiǎchāo
1	8	減排	jiǎn pái

課號	序號	詞語	拼音
3	19	濺污	jiàn wū
3	24	繳納	jiǎonà
2	23	接軌	jiēguǐ
5	24	接納	jiēnà
1	7	節能	jiénéng
4	3	借鑒	jièjiàn
3	15	警惕	jǐngtì
2	29	就讀	jiùdú
4	20	舉措	jǔcuò
6	4	捐贈	juānzèng
K			
6	23	開闊	kāikuò
5	3	開闢	kāipì
5	8	慨歎	kǎitàn
6	32	考慮	kǎolǜ
1	26	快速增長	kuàisù zēngzhǎng
6	10	擴建	kuòjiàn
L			
5	5	戀愛	liàn'ài
1	16	兩極融冰	liǎngjí róng bīng
3	4	鄰近	línjìn
1	20	亂砍濫伐	luàn kǎn làn fá
1	3	論壇	lùntán
M			
1	24	煤炭	méitàn
4	15	媒體	méitǐ
5	32	糜爛	mílàn
6	15	勉勵	miǎnlì
2	28	勉強	miǎnqiǎng
4	5	模型	móxíng
2	5	母語	mǔyǔ
N			
6	14	難能可貴	nánnéng kěguì
1	25	能量	néngliàng

課號	序號	詞語	拼音
1	23	扭轉	niǔzhuǎn
P			
6	33	攀登	pāndēng
4	16	披露	pīlù
5	31	貧瘠	pínjí
6	9	貧困	pínkùn
2	18	頻密	pínmì
Q			
6	35	啟用	qǐyòng
4	17	簽訂	qiāndìng
2	30	遷就	qiānjiù
3	2	槍械	qiāngxiè
3	6	搶劫	qiǎngjié
2	32	傾斜	qīngxié
1	22	趨勢	qūshì
2	21	全球化	quánqiúhuà
1	5	權威	quánwēi
5	28	缺失	quēshī
R			
3	26	繞道	ràodào
5	2	熱議	rè yì
2	27	人文關懷	rénwén guānhuái
2	8	認同感	rèntónggǎn
2	31	融洽	róngqià
S			
5	26	騷亂	sāoluàn
3	21	色情	sèqíng
1	15	山體滑坡	shān tǐ huápō
4	29	擅自	shànzì
3	27	涉及	shèjí
5	9	生不逢時	shēng bù féng shí
1	11	生態系統	shēngtài xìtǒng
3	12	聲譽	shēngyù
2	16	生源	shēngyuán

課號	序號	詞語	拼音
2	4	實施	shíshī
1	2	世博會	Shìbóhuì
1	9	適宜	shìyí
6	12	受惠	shòuhuì
4	27	售賣	shòumài
6	8	書刊	shūkān
3	9	數據	shùjù
2	15	雙語	shuāngyǔ
3	25	隧道	suìdào
T			
5	12	逃避	táobì
3	14	提醒	tíxǐng
4	31	體驗	tǐyàn
4	14	投資	tóuzī
4	10	團體	tuántǐ
5	21	頹廢	tuífèi
6	26	拓寬	tuòkuān
W			
4	19	外來務工	wàilái wùgōng
6	27	微博	wēi bó
4	25	微利	wēilì
2	3	微調	wēitiáo
3	8	威脅	wēixié
2	6	維護	wéihù
1	21	溫室氣體	wēnshì qìtǐ
5	23	紋身	wén shēn
6	22	文體	wéntǐ
4	1	聞訊	wénxùn
6	31	文娛	wényú
1	18	無處棲身	wúchù qīshēn
2	22	無庸置疑	wúyōngzhìyí
X			
3	16	相距甚遠	xiāng jù shèn yuǎn
5	27	宵禁	xiāojìn

課號	序號	詞語	拼音
3	31	攜帶	xiédài
3	23	脅迫	xiépò
6	25	心胸	xīnxiōng
6	7	修葺	xiūqì
5	11	虛擬	xūnǐ
6	29	選址	xuǎn zhǐ
4	26	削減	xuējiǎn
2	24	削弱	xuēruò
		Y	
5	1	演講	yǎnjiǎng
5	19	厭倦	yànjuàn
6	5	儀式	yíshì
1	4	應對	yìngduì
3	32	擁擠	yōngjǐ
5	4	踴躍	yǒngyuè
6	20	優異	yōuyì
5	22	幼稚	yòuzhì
6	11	逾	yú
2	13	愈加	yùjiā
2	19	預見	yùjiàn
6	13	援手	yuánshǒu
3	30	遠足	yuǎnzú
5	10	怨天尤人	yuàn tiān yóu rén

課號	序號	詞語	拼音
5	20	約束	yuēshù
		Z	
2	26	障礙	zhàng'ài
4	22	招標	zhāobiāo
6	21	招商引資	zhāo shāng yǐn zī
5	7	掙錢	zhèngqián
6	2	支援	zhīyuán
4	6	直觀	zhíguān
2	10	殖民地	zhímíndì
4	13	制度	zhìdù
6	1	致謝	zhìxiè
6	19	衷心	zhōngxīn
2	20	眾所周知	zhòng suǒ zhōu zhī
2	25	逐年遞增	zhúnián dìzēng
1	31	莊嚴	zhuāngyán
4	18	資產淨值	zīchǎn jìngzhí
5	17	滋生	zīshēng
2	1	諮詢	zīxún
1	13	自然災害	zìrán zāihài
2	9	宗旨	zōngzhǐ
4	11	租金	zūjīn
2	7	尊嚴	zūnyán

附錄三　補充詞語總表

課號	序號	詞語	拼音
A			
4	14	安居	ānjū
B			
2	14	拔尖補底	bájiānbǔdǐ
6	40	版畫	bǎnhuà
5	18	幫派橫行	bāngpài héng xíng
6	27	棒球	bàngqiú
4	1	保障性住房	bǎozhàngxìng zhùfáng
C			
6	45	插花	chāhuā
2	3	差強人意	chā qiáng rényì
4	18	產權	chǎnquán
6	51	長笛	chángdí
2	2	暢所欲言	chàng suǒ yù yán
D			
6	44	打牌	dǎpái
6	49	笛子	dízi
6	31	雕塑	diāosù
3	18	鬥毆	dòu'ōu
2	12	多元化	duōyuánhuà
E			
6	60	二胡	èrhú
F			
3	11	販毒 / 吸毒	fàndú / xī dú
5	19	犯罪團夥	fànzuìtuánhuǒ
5	11	防範	fángfàn
4	11	房價	fángjià
4	22	房奴	fángnú
1	10	防沙治沙	fáng shā zhì shā
4	9	房源點	fáng yuán diǎn
4	21	分期付款	fēn qī fù kuǎn
3	17	分贓	fēnzāng

課號	序號	詞語	拼音
		G	
6	48	鋼琴	gāngqín
2	1	各抒己見	gè shū jǐjiàn
6	63	弓	gōng
3	1	公安局	gōng'ānjú
6	64	古箏	gǔzhēng
1	13	規劃造林	guīhuà zàolín
6	32	國畫	guóhuà
1	8	國土綠化	guótǔ lùhuà
		H	
6	17	滑浪風帆	huá làng fēngfān
6	41	話劇	huàjù
3	14	黃賭毒	huáng dǔ dú
6	30	繪畫	huìhuà
		J	
4	17	監管	jiānguǎn
2	11	教學效果	jiàoxué xiàoguǒ
6	4	擊劍	jījiàn
6	58	吉他	jítā
5	8	街舞	jiē wǔ
3	9	進屋盜竊	jìn wū dàoqiè
4	2	經濟適用房	jīngjì shìyòngfáng
4	3	經濟租賃房	jīngjì zūlìn fáng
3	3	警察	jǐngchá
4	8	競價	jìng jià
6	6	舉重	jǔzhòng
2	13	決策	juécè
		K	
4	6	開發商	kāifāshāng
4	12	空置樓盤	kōng zhì lóupán
		L	
6	22	籃球	lánqiú
6	21	壘球	lěiqiú
5	12	離異	líyì
4	5	廉租房	lián zū fáng

課號	序號	詞語	拼音
1	6	良好勢頭	liánghǎo shìtóu
4	10	輪候	lúnhòu
5	16	倫理道德	lúnlǐ dàodé
6	61	鑼鼓	luógǔ
		M	
6	43	麻將	májiàng
6	9	馬術	mǎshù
3	12	賣淫	màiyín
5	9	迷茫	mímáng
2	4	名存實亡	míng cún shí wáng
2	9	母語教學	mǔyǔ jiàoxué
		N	
1	17	能源消耗	néngyuán xiāohào
5	14	溺愛	nì'ài
		P	
6	28	排球	páiqiú
3	2	派出所	pàichūsuǒ
5	7	泡吧	pàobā
6	15	皮划艇	píhuátǐng
6	62	琵琶	pípa
3	4	片兒警	piànr jǐng
3	6	騙子	piànzi
3	13	嫖娼	piáochāng
6	29	乒乓球	pīngpāngqiú
		Q	
6	38	漆畫	qīhuà
6	23	曲棍球	qūgùnqiú
6	3	拳擊	quánjī
		R	
6	7	柔道	róudào
		S	
6	14	賽艇	sàitǐng
1	15	森林覆蓋率	sēnlín fùgàilù
1	1	森林資源	sēnlín zīyuán
1	14	社會效益	shèhuì xiàoyì

課號	序號	詞語	拼音
3	7	社會治安	shèhuì zhì'ān
6	11	射擊	shèjī
6	12	射箭	shèjiàn
5	17	涉網犯罪	shè wǎng fànzuì
5	13	涉嫌	shèxián
6	35	攝影	shèyǐng
1	12	生物多樣性保護	shēngwù duōyàngxìng bǎohù
1	11	濕地保護	shīdì bǎohù
6	52	手風琴	shǒufēngqín
4	20	首付	shǒufù
6	25	手球	shǒuqiú
2	6	授課語言	shòukè yǔyán
6	56	豎琴	shùqín
6	10	摔跤	shuāijiāo
6	53	雙簧管	shuānghuángguǎn
6	36	水粉畫	shuǐfěnhuà
6	18	水球	shuǐqiú
1	9	水土流失	shuǐtǔ liúshī
6	59	嗩吶	suǒnà
		T	
6	8	跆拳道	táiquándào
3	19	貪污	tānwū
1	5	碳彙能力	tàn huì nénglì
1	18	碳密度	tàn mìdù
1	4	碳吸收	tàn xīshōu
1	19	碳貯量	tàn zhùliàng
6	33	陶藝	táo yì
4	15	特困人口	tèkùn rénkǒu
6	46	踢毽子	tī jiànzi
6	50	提琴	tíqín
6	5	體操	tǐcāo
6	1	田徑	tiánjìng
4	7	調控	tiáokòng
6	47	跳繩	tiàoshéng
6	19	跳水	tiàoshuǐ

課號	序號	詞語	拼音
6	2	鐵人三項	tiěrén sān xiàng
3	8	偷錢包	tōu qiánbāo
3	15	投機倒把	tóujī dǎobǎ
W			
6	26	網球	wǎngqiú
4	13	危房	wēifáng
4	19	違章建築	wéizhāng jiànzhù
5	10	誤導	wùdǎo
4	16	物業管理	wùyè guǎnlǐ
X			
5	4	吸毒	xīdú
3	16	洗黑錢	xǐ hēiqián
6	39	喜劇	xǐjù
6	37	戲劇	xìjù
6	42	下棋	xiàqí
6	65	弦	xián
2	7	銜接	xiánjiē
4	4	限價房	xiànjiàfáng
6	66	簫	xiāo
6	57	小號	xiǎohào
5	15	校園暴力	xiàoyuán bàolì
3	21	挾持人質	xiéchí rénzhì
5	1	心理扭曲	xīnlǐ niǔqū
3	20	行賄 / 受賄	xínghuì/shòuhuì
3	5	刑事案	xíngshìàn
5	5	酗酒	xùjiǔ
Y			
6	54	揚琴	yángqín
2	8	因材施教	yīn cái shī jiào
5	2	淫穢	yínhuì
6	34	油畫	yóuhuà
6	16	游泳	yóuyǒng
6	20	羽毛球	yǔmáoqiú
6	55	圓號	yuánhào

課號	序號	詞語	拼音
5	3	援交	yuánjiāo
Z			
1	16	造林育林	zàolín yùlín
3	10	詐騙	zhàpiàn
1	3	植被恢復	zhíbèi huīfù
1	2	植樹造林	zhíshù zàolín
2	10	中英兼擅	Zhōngyīng jiān shàn
1	7	資源保護	zīyuán bǎohù
5	6	自殘	zìcán
6	13	自行車	zìxíngchē
6	24	足球	zúqiú
2	5	座談會	zuòtánhuì